세상S 현대 판타지 장편소설
WISHBOOKS MODERN FANTASY STORY
네 멋대로 던져라

네 멋대로 던져라 2

세상S 현대 판타지 장편소설

초판 1쇄 찍은 날 | 2018년 8월 6일
초판 1쇄 펴낸 날 | 2018년 8월 13일

지은이 | 세상S
펴낸이 | 예경원

기획 | 위시북스
편집책임 | 이규재
편집 | 위시북스

펴낸곳 | 예원북스
등록번호 | 제396-2012-000132호
등록일자 | 2012. 7. 25
KFN | 제1-293호

주소 | 경기도 고양시 일산동구 호수로 646-24 위너스21II빌딩 206A호 (우)10401
전화 | 031-819-9431 팩스 | 031-817-9432
E-mail | yewonbooks@naver.com

ISBN 979-11-89348-98-4 04810
979-11-89348-96-0 (set)

※ 이 도서의 국립중앙도서관 출판시도서목록(CIP)은 서지정보유통지원시스템 홈페이지(http://seoji.go.kr)와 국가자료공동목록시스템(http://www.nl.go.kr/kolisnet)에서 이용하실 수 있습니다.

미국으로

세상S 현대 판타지 장편소설

WISHBOOKS MODERN FANTASY STORY

네 멋대로 던져라

Wish Books

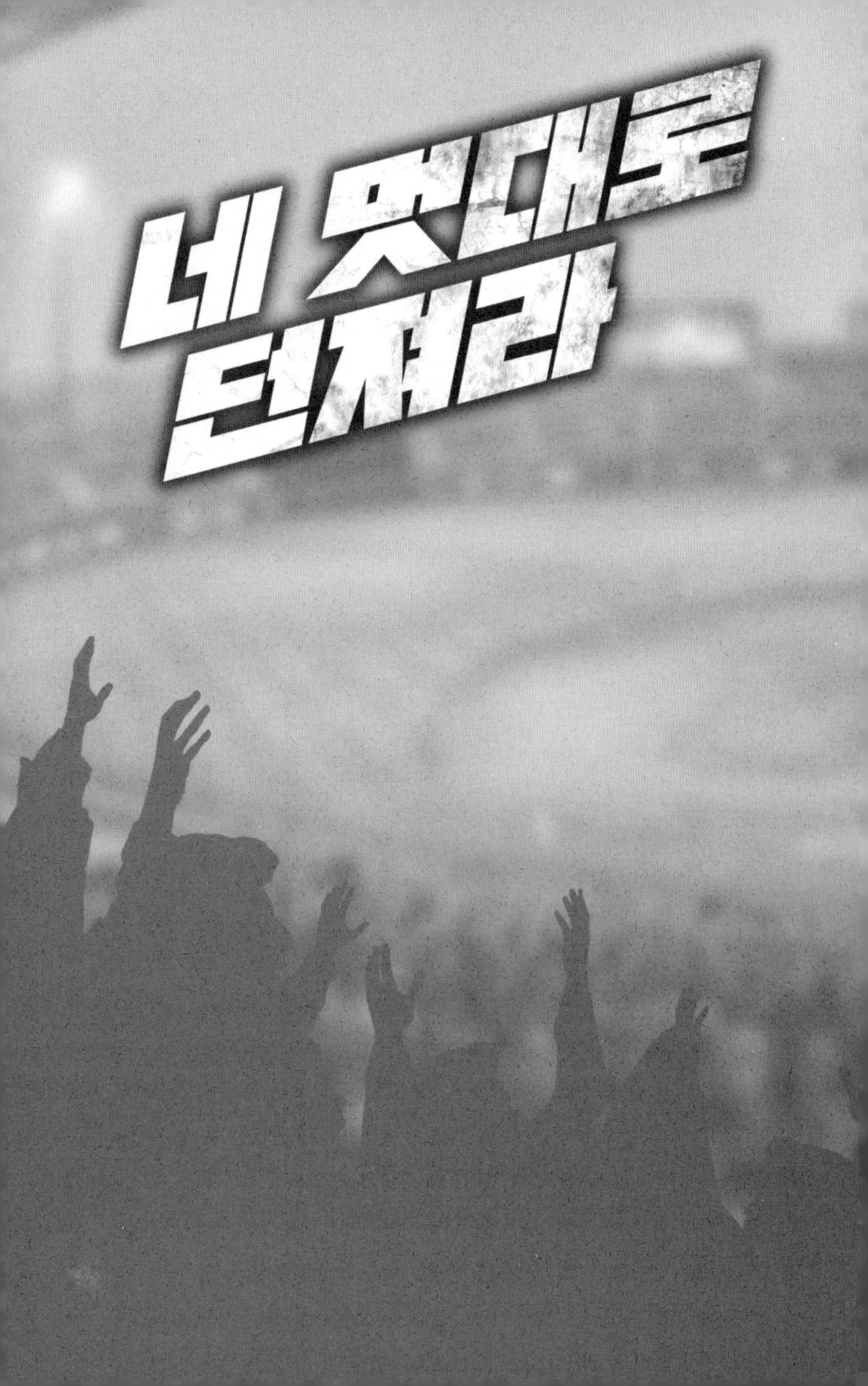
네 멋대로
던져라

CONTENTS

· 9장 ·

구현진 vs 이해민

I.

구현진이 가방을 챙겨서 현관문으로 향했다. 신발을 신고 몸을 돌려 아버지를 보았다.

"아버지! 진짜 안 오실 거예요?"

"됐다, 마! 내가 왜 고교야구를 보러 가노?"

"에이, 그래도 아들이 나오는 경기인데……."

"치아라, 아빠 할 일 많다!"

"오늘 광주북고랑 하는 데도요? 우리 오늘 마지막이……."

그러자 아버지가 곧바로 말을 잘랐다.

"그런 쓸데없는 소리 하지 말고, 4강 올라갈 생각이나 해라. 정신 단디 차리라이!"

"네, 알았어요. 다녀올게요."

구현진은 약간 서운한 얼굴로 현관문을 나섰다. 구현진이 나가자 아버지는 한숨을 길게 내쉬었다.

"하아……. 내가 다 조마조마하네."

아버지는 오른손으로 가슴을 가볍게 두드렸다. 거실을 이리저리 움직이며 가만히 있지 못했다.

"왜 이렇게 진정이 안 되냐."

아버지는 부엌으로 가서 설거지를 했다. 그리고 걸레를 빨아 방이며 거실을 하나도 빠짐없이 닦았다. 그럼에도 뭐가 그리 불안한지 주위를 두리번거렸다.

"뭐, 안 한 건 없나?"

그때 시선이 시계로 향했다.

"몇 시야? 벌써 시작한 건 아니겠지?"

아버지는 부랴부랴 리모컨을 찾아 TV를 켰다.

"몇 번에서 하더라?"

아버지는 인터넷을 통해 몇 번에서 고교야구가 중계되는지 확인했다. 그리고 곧바로 그곳으로 채널을 돌렸다. 하지만 채널을 돌리자 골프 중계를 하고 있었다.

"아직 할라믄 멀었나?"

아버지의 시선이 다시 시계로 향했다. 청룡기 대회 8강전 시합은 오후 1시부터 시작이었다. 하지만 지금 시각은 오전 10시밖에 되지 않았다.

“하아, 3시간 동안 뭐 하나?”

아버지가 혼잣말하고 있을 때 누군가 현관문을 두드렸다.

똑똑똑!

“누구요?”

“저예요.”

중년 여성의 음성이 들려왔다. 아버지는 자리에서 일어나 현관문을 열었다. 그러자 양손으로 냄비를 들고 서 있는 김 여사가 있었다. 김 여사는 고개를 길게 빼서 안을 들여다봤다.

“현진이는 벌써 나갔어요?”

“그라요. 근데 김 여사가 어쩔 일이오?”

“오늘 현진이가 경기하는 날이라고 해서 삼계탕을 끓여왔는데……. 내가 좀 늦었네. 이걸 어째?”

김 여사는 아버지의 눈치를 살피며 중얼거렸다.

“올라믄 일찍 좀 오지! 아무튼, 현진이 없으니까 가보소!”

아버지가 곧바로 현관문을 닫으려고 했다. 그러자 김 여사가 곧바로 냄비를 든 손을 내밀었다.

“아이고, 뭐가 그리 성질이 급해요. 그럼 현진이 아버님이라도 좀 드세요.”

“일없소!”

아버지는 무심하게 말했다. 하지만 김 여사는 무작정 아버지를 밀치고 안으로 들어갔다.

"좀 비켜봐요."

"어허, 김 여사!"

아버지는 난처한 얼굴이 되었다. 그러나 김 여사는 거실에 들어오자마자 곧바로 상을 펴고 냄비를 그곳에 뒀다.

"거기 서서 뭐 해요. 어서 들어와서 앉아요."

김 여사는 능숙하게 그릇과 수저, 젓가락을 놓았다. 아버지는 헛기침을 하며 마지못해 자리에 앉았다.

"일없다니까……."

"에이, 일단 한번 잡솨봐요."

김 여사는 닭 다리를 하나 뜯어서 아버지 그릇 앞에 놓았다.

"어험. 이왕 뜯어서 먹기는 하겠지만……."

아버지는 헛기침하며 닭 다리를 입에 물었다. 그 모습을 바라보는 김 여사가 방긋 웃었다.

"어때요? 맛있죠?"

"뭐……. 맛은 있네……."

아버지가 맛있게 닭을 뜯는 사이 김 여사는 TV 쪽으로 시선을 돌렸다.

"왜 골프를 틀어놓고 있어요? 골프 치게요?"

"골프 말고 조만간 야구할 거요."

"야구? 아! 현진이가 나오는 거요?"

"그려요."

"그런데 몇 시에 해요?"

"1시!"

"1시요? 지금 시각이 10시 좀 넘었는데……."

"미리 마음의 준비를 하는 거잖소. 거참 알지도 못하면서……."

"뭐, 나는 말도 못 해요?"

김 여사가 얼굴을 돌려 구시렁거렸다. 그러거나 말거나 아버지는 닭 다리만 뜯고 있었다.

그리고 그 모습을 가만히 지켜보던 김 여사가 나머지 다리 하나를 더 뜯어 아버지 그릇에 말없이 놓았다. 아버지는 그런 김 여사 행동에 헛기침했다.

"크흠!"

김 여사의 시선은 여전히 TV에 향해 있었다. 아버지가 말없이 다 먹은 다리뼈를 내려놓고, 그릇에 있는 다리 하나를 들어 입으로 가져갔다.

2.

부산 제일고가 탄 버스가 경기장에 도착했다. 먼저 김명환 감독과 코치가 내렸다. 그 뒤로 가방을 멘 선수들이 하나둘 내리고 있었다. 그들 모두 얼굴이 잔뜩 굳어 있었다.

그리고 맨 마지막에 장만호와 구현진이 내렸다. 장만호가 툭툭 구현진을 건드렸다.

"야, 야!"

"왜?"

"저기 봐라, 중계 카메라가 있는데? 이번 경기 중계하는 갑다."

"어? 그러네."

구현진의 시선도 중계 카메라에 향했다.

"그런데 왜 8강전부터 방송하지? 전에는 그러지도 않더만."

"글쎄다. 내가 어떻게 아냐?"

구현진은 관심 없다는 듯 장비를 챙겼다. 하지만 장만호는 상기된 얼굴로 가슴에 손을 올렸다.

"아, 떨려! 나 카메라 울렁증 있는데."

그 모습을 본 구현진이 고개를 절레절레 흔들었다.

"지랄한다!"

하지만 또 한 사람도 흥분한 상태였다.

"아, 어째! 카메라 때문에 실수하면 어쩌냐?"

석정우는 걱정스러운 얼굴로 말했다. 그러자 지나가던 구현진이 석정우의 뒷머리를 때렸다.

딱!

"아얏! 아씨, 누구…… 서, 선배님!"

"뭐? 카메라 울렁증? 그럼 그동안 실책한 건 뭐냐?"

"그건……."

"아무튼, 너 오늘 카메라 있다고 실책하기만 해봐. 그땐 진짜 죽여 버린다."

구현진이 인상을 잔뜩 쓰며 노려보았다. 석정우가 곧바로 차렷 자세를 취했다.

"걱정하지 마십시오. 오늘 이 한 몸 불 싸지르겠습니다."

"불 싸지를 필요까진 없으니까, 불 지르지나 마!"

구현진은 석정우의 어깨를 툭툭 건드리며 걸어갔다. 석정우가 구현진의 뒷모습을 보며 소리쳤다.

"선배님! 걱정하지 마십시오. 제가 오늘 홈런을 쳐서 선배님 어깨를 가볍게 해드리겠습니다."

"으이구, 말이나 못 하면……."

그때 또 하나의 버스가 들어왔다.

"야, 현진아. 녀석들 왔다."

장만호가 구현진에게 말했다. 구현진의 고개가 돌아갔다. 버스 문이 열리고 질서정연하게 광주북고 선수들이 내렸다. 전혀 카메라를 의식하지 않는 모습이었다.

"와아아아! 오빠!"

어느 여성 팬은 광주북고 선수들이 내리자 환호했다. 그 모습을 못마땅하게 여긴 구현진이 으르렁거렸다.

"저 녀석들 뭐야? 왜 저렇게 소란스러워!"

"우리가 더 소란스럽거든."

장만호의 핀잔에 구현진이 눈을 부라렸다.

"그런데 저 녀석들 너무 편안한 거 아냐?"

"광주북고잖아."

그러자 구현진이 발끈했다.

"광주북고가 뭐, 어떤데! 지들이 뭔데?"

"현진아, 넌 광주북고라고 하면 화부터 내더라."

"내가 언제?"

장만호가 구현진을 보며 피식 웃었다.

"뭐, 어쩌겠냐! 광주북고가 제일 센데."

"그래서 뭐? 오늘 경기 지자고?"

"야, 내가 언제 그랬어. 이겨! 이긴다고! 프로는 가야 할 것 아니야."

장만호가 실실 웃으며 말했다.

그때 마지막으로 어마어마한 덩치를 자랑하는 광주북고의 4번 타자 황용수와 에이스 이해민이 내려왔다.

이해민은 내리자마자 자신을 바라보고 있는 구현진을 보았다. 황용수가 이해민을 보며 말했다.

"저 녀석인가 보네."

"어? 걔 맞네. 구현진!"

"오, 넌 이름도 알아?"

"유현진 선배와 이름이 똑같잖아. 성만 다르고."

"구현진이 뭐냐, 구현진이? 걔네 아버지는 양심도 없지. 저렇게 하면 유현진 선배처럼 될 거로 생각한 모양이지?"

"내 말이 그 말이다."

이해민이 황용수의 어깨를 툭 건드렸다.

"그건 그렇고, 오늘 좀 빨리 끝내자."

"왜? 약속 있냐?"

"저녁에 기찬이 만나기로 했거든."

"기찬이?"

기찬은 현재 아이돌로 활동하고 있는 이해민의 친구였다. 황용수는 그런 이해민을 못마땅하게 쳐다봤다.

"야, 이럴 거면 그냥 아이돌 해. 뭐 한다고 야구하냐?"

"후후, 네가 봐도 내가 잘생겼냐?"

"미친 새끼! 저리 꺼져!"

두 사람은 그렇게 옥신각신했다.

"야, 너 자꾸 그러면 나 실책한 10개 하고 경기 망쳐 버린다."

황용수가 인상을 팍 쓰며 경고했다. 그러자 이해민이 눈을 부라렸다.

“너, 그러기만 해봐! 가만 안 둘 거야!”

“야, 그건 그렇고. 오늘도 메이저리그 스카우터들 왔을까?”

“아직도 메이저리그에 미련 있어?”

“솔직히 고민 중이야. 갈지, 말지!”

“그래도 프로에 갔다가 가는 게 낫지 않겠어? 지금 가봤자 마이너리그에서 개고생만 하잖아.”

“하긴 그렇겠지?”

하지만 프로에서 해외 진출 자격이 주어지려면 7년간 1군에 있어야 했다.

“하아, 그런데 7년을 어떻게 버티냐?”

“7년 금방 가! 요새 FA 연한도 줄어든다고 하니까, 그럼 좀 더 빨라지겠지!”

“그렇겠지?”

두 사람은 그렇게 서로 이야기를 주고받으며 걸어갔다. 자신들을 지켜보는 구현진은 안중에도 없어 보였다.

구현진도 몸을 돌려 경기장으로 들어갔다. 구현진이 더그아웃에 가방을 내려놓고 몸을 풀기 위해 경기장으로 들어갔다.

관중석은 이미 사람들로 가득했다. 물론 대부분이 광주북고의 경기를 보러 온 사람들이었다. 그중 반 정도는 광주북고

응원단이었다.

그리고 경기장 바로 뒤편에 10여 명의 외국인들이 보였다. 그들은 각자 스피드 건을 들고 있었다.

메이저리그 스카우터들을 훑어보면 에인절스, 다저스, 레드삭스, 양키스, 미네소타, 오리올스, 레인절스, 자이언츠, 애리조나, 파드리스 등이 있었다.

"오, 저기 오는군."

메이저리그 스카우터들의 눈에 광주북고 에이스 이해민이 들어왔다.

"황용수도 나왔네."

4번 타자 황용수도 확인했다. 메이저리그 스카우터들은 오로지 두 사람만에게만 집중하였다.

"한 팀에서 4번 타자와 에이스 투수가 동시에 잘하기는 쉽지 않은데 말이야."

"후후, 그러니까 이 학교가 최강이지!"

"그런데 오늘 상대 팀은 어디야?"

"부산 제일고…… 라고 하던데?"

"부산 제일고? 못 들어봤는데. 실력은 어느 정도인지 알아?"

"4강에 한 번도 못 들었대."

"그래? 그럼 저 학교의 실력은 딱 거기까지네. 볼 것 없겠어."

부산 제일고에 대한 메이저리그 스카우터들의 평가는 냉정했다.

"오늘 선발 투수는 누구지?"

"구, 라고 하는데."

"구? 저 녀석인가?"

메이저리그 스카우터들의 시선이 일제히 구현진에게 향했다. 구현진은 불펜에서 몸을 풀고 있었다. 그런 구현진을 본 메이저리그 스카우터들의 의견은 이러했다.

"어, 몸은 좋네!"

"보니까, 왠지 유와 닮은 것 같은데."

"후후, 그래도 유보다는 날씬하지."

"어? 그런데 투구폼이 유와 비슷한데?"

"에이. 내가 보기에는 비슷한 것이 아니라, 거의 판박인데."

메이저리그 스카우터들이 이런저런 의견을 나누고 있을 때 공을 받은 장만호가 구현진에게 갔다.

"어떻노? 몸은 좀 풀렸나?"

"대충?"

"긴장되제?"

"긴장은 무슨……."

구현진이 피식 웃었다.

"와, 긴장이 안 되노? 저기 봐라. 메이저리그 스카우터들이 쫙 와 있잖아."

구현진이 장만호의 시선을 따라갔다. 스피드 건을 옆에 세워놓은 메이저리그 스카우터들이 일렬로 앉아 있었다.

"와? 떨리나?"

"전혀! 오히려 저 사람들이 날 보러 온 것 같아 무지 흥분되는데."

"지랄하네. 네가 아무리 잘했어도 저 사람들이 널 보러 올 리가 있나? 꿈 깨라!"

구현진이 진지한 표정으로 장만호를 바라봤다.

"나랑 내기할래?"

"뭔 내기?"

"앞으로 저 녀석들! 내 경기 보러 올 거야. 오늘 경기에서 확실하게 나의 존재를 각인시키겠어."

구현진의 강한 의지에 장만호는 차마 말을 꺼내지 못했다. 평소라면 '지랄하네'라고 욕을 한 바가지 해줬을 것이다. 그런데 지금은 구현진이 내뱉은 말이 허풍이 아닌, 진심으로 들렸다.

"현진아……."

"왜?"

"만약에 네가 말이다. 정말로 광주북고를 잡으면 앞으로 네가 무슨 소리를 해도 다 받아줄게!"

"진짜지?"

"그래!"
"좋아, 우리 약속했다."
"그래, 인마!"
장만호가 손가락까지 걸며 약속을 하고 마운드를 내려갔다. 그 모습을 본 상대 팀 선수들이 한마디씩 했다.
"쟤들 뭐냐? 남자끼리 무슨 손가락 걸기를 하고 지랄들이야?"
"여기에 소꿉놀이 하러 왔나 보지. 냅둬! 킥킥!"
그러는 사이 양 팀 선수들 모두 더그아웃으로 들어갔다.

3.

-청룡기 전국 고교 야구 대회 8강전이 곧 시작되겠습니다. 이번 경기의 다크호스인 부산 제일고와 지난 대회 우승에 이어, 이번 청룡기 대회에서도 우승을 노리는 최강 광주북고. 과연 어느 팀이 4강에 진출할 수 있을 것인지 모든 관심이 집중되고 있습니다.
-이번 경기는 골리앗과 다윗의 싸움이라고 볼 수 있습니다. 광주북고 에이스 이해민과 괴물 타자 황용수를 상대로 부산 제일고 투수 구현진이 어떤 모습을 보여줄지, 또 타자들은 어

떻게 점수를 뽑을 것인지 깊게 생각해야 할 것입니다.

-현재 메이저리그 스카우터들도 많이 와 있죠?

-그렇습니다. 대략 10여 개 팀이 나와서 지켜보고 있는데요. 아마도 광주북고의 이해민과 황용수를 보러 온 것이겠죠?

-이해민 선수는 이미 프로 팀에 1차 지명이 되었다죠?

-1차 지명이 되어도 아직은 모르는 일입니다. 게다가 황용수도 있지 않습니까, 오늘은 또 몇 개의 홈런을 칠까 기대해 봅니다.

-말씀드리는 순간 경기가 시작되려고 합니다. 선공은 부산 제일고부터입니다.

부산 제일고 1번 타자 송재혁이 방망이를 돌리며 걸어왔다. 광주북고 내야수들이 글러브를 팡팡 치며 소리쳤다.

"우선 선두타자부터 깔끔하게 잡고 시작하자."

"해민아, 살살 던져!"

"그래. 살살해."

이해민은 그저 미소를 지으며 마운드에 섰다.

1번 송재혁이 타석에 들어섰다.

'예전에 한 번 상대해 봐서 알아. 예리한 슬라이더가 주특기지. 하지만 포심도 만만치 않아. 일단 슬라이더는 버리고 포심만 노리자.'

송재혁이 방망이를 짧게 움켜쥐었다. 그사이 이해민과 포수 박준수는 사인을 주고받았다. 박준수는 초반부터 굳이 가볍게 나갈 필요가 없다고 판단했다.

'힘으로 눌러 버려! 이런 녀석들을 상대로 유인구 따윈 필요 없어.'

'알아. 그런데 굳이 힘으로 밀어붙일 필요가 있을까?'

이해민이 천천히 리프팅을 한 후 부드러운 동작으로 가볍게 공을 던졌다. 초구 바깥쪽에 걸치는 포심 패스트볼이었다. 그런데 송재혁이 기다렸다는 듯이 그 공을 건드렸다.

딱!

공은 1루수 강습타구가 되었다. 1루수가 잡기 위해 글러브를 뻗었지만 아쉽게도 글러브에 맞고 굴절이 되어버렸다. 2루수가 뛰어와 잡았지만 이미 송재혁이 1루 베이스를 밟고 지나간 후였다.

이해민은 살짝 얼굴을 일그러뜨렸다.

"쳇! 내가 너무 안일했네."

그리고 2번 타자 이동우는 번트로 주자를 2루로 보냈다. 광주북고는 1사 2루에서 3번 타자 예진원을 맞이했다.

-1회 초부터 광주북고의 위기인데요.

-그래도 이해민 선수 아니겠습니까? 분명 위기를 잘 넘길 것

입니다.

-여기서 맞이하는 부산 제일고의 클린업 타선. 3번 우익수 예진원 선수가 나왔습니다.

펑!

퍼엉!

펑!

이해민은 공 3개로 스탠딩 삼진을 만들었다. 역시 이해민의 투구는 기가 막혔다.

삼진을 당한 채 돌아서는 예진원은 어이가 없어 고개를 저었다. 4번 지명타자 한동희가 물었다.

"어때?"

"역시 슬라이더는 알고 있어도 못 치겠어."

"그래?"

"너도 초반에 적극적으로 가는 게 좋을 것 같아."

"오케이!"

한동희가 고개를 끄덕이고 타석으로 향했다. 그리고 초구를 상대했다.

퍼엉!

바깥쪽 꽉 찬 공이 날아 들어왔다.

"스트라이크!"

역시 예리한 공이 들어왔다. 한동희가 방망이를 몇 번 돌리고는 다시 타석에 섰다. 광주북고 포수 박준수가 힐끔 한동희를 보았다. 그리고 이해민에게 사인을 보냈다.

'몸 쪽으로 공 하나 정도 보이고 싶지만, 왠지 녀석이 노리고 있을 것 같아. 일단 다시 바깥쪽으로 포심.'

이해민은 박준수의 요구대로 바깥쪽으로 공 한 개 정도를 뺐다. 그 공에도 한동희의 방망이는 꿈쩍도 하지 않았다.

1스트라이크 1볼의 상황에서 박준수가 한동희의 몸 쪽으로 앉았다.

'좋아, 몸 쪽 코스를 노린다면 어디 한번 쳐봐!'

이해민이 던진 공이 몸 쪽으로 낮게 깔려 들어왔다. 순간 한동희의 눈이 부릅떠졌다. 방망이가 재빨리 돌아가며 정확한 타이밍으로 공을 맞히려고 했다.

그런데 홈 플레이트 앞에서 몸 쪽으로 공이 휘어졌다.

'슬라이더?'

하지만 방망이를 멈추기에는 이미 늦었다.

딱!

공이 방망이 안쪽에 맞으며 2루수 앞으로 굴러가는 땅볼이 되었다. 광주북고 2루수가 침착하게 잡은 후 1루에 던져 한동희를 아웃시켰다.

이렇게 이해민이 1회 초를 막아내며 유유히 마운드를 내려갔다. 한동희는 손에 전해지는 묵직한 느낌을 받으며 더그아웃으로 향했다.

-역시 이해민입니다. 1아웃 주자를 2루에 둔 상황에서 삼진과 2루수 땅볼로 위기를 벗어나는군요.

-다시 봐도 이해민의 슬라이더는 명불허전이네요. 정말 예리하게 꺾였어요.

-맞습니다. 부산 제일고는 이해민의 슬라이더를 공략하는 것에 승패가 달려 있다고 봐야겠어요.

-그렇다고 봐야죠. 그리고 구현진 선수가 강력한 타선을 자랑하는 광주북고를 맞이해 어떤 피칭을 보여줄 것인지도 매우 궁금합니다.

-그럼 광주북고의 1회 말 공격이 곧 시작됩니다.

구현진이 마운드에 올라 자신이 내디딜 곳과 투구판을 스파이크로 다졌다. 그리고 총 열 번의 연습구를 마치고 1번 타자 중견수 정용웅을 상대했다.

"후우……."

구현진이 마운드에 올라 호흡을 가다듬었다. 하지만 뛰고 있는 가슴을 진정시킬 수는 없었다.

"그렇게 수도 없이 오른 마운드지만 이곳에 서면 언제나 가슴이 뛰어."

구현진은 두근거리는 가슴을 진정시키며 초구를 던질 준비를 하였다. 초구는 역시 바깥쪽 꽉 찬 낮은 곳이었다.

장만호가 미트를 들었다.

'초구부터 강하게 나가자!'

구현진이 가볍게 머리를 끄덕이고는 천천히 글러브를 가슴 쪽으로 모았다.

"후우……."

그리고 장만호의 미트를 향해 힘껏 공을 던졌다.

퍼엉!

"스트라이크!"

공을 받은 손이 찌릿했다. 장만호가 저도 모르게 눈을 찡그렸다.

'새끼, 초반부터 기합이 확실하게 들어갔네.'

전광판에 찍힌 구현진의 초구 구속은 152㎞/h였다. 정용웅도 살짝 놀란 눈빛이었다. 그것보다 더욱 놀란 사람들은 바로 메이저리그 스카우터들이었다.

"뭐야? 방금 몇 ㎞/h 찍혔어?"

"152㎞/h!"

"이거 진짜야?"

"저 녀석 누군지 확인해 봐. 빨리!"

메이저리그 스카우터들이 분주하게 움직이는 사이 구현진은 2번째 공을 던졌다. 이번에는 같은 코스에 떨어지는 체인지업이었다.

정용웅은 포심 패스트볼인 줄 알고 휘둘렀다가 헛스윙을 하였다.

[132㎞/h]

체인지업 구속과 포심 패스트볼 구속의 차이가 무려 20㎞/h였다.

"방금 체인지업이었어?"

"그, 그런 것 같은데."

"구속 차이는?"

"20㎞/h 정도?"

"뭐야, 투구폼도 똑같았지?"

"그래!"

메이저리그 스카우터들이 더욱더 웅성거리기 시작했다. 특히 에인절스의 스카우터 존 메켄리의 눈빛은 그 어느 때보다 진지했다.

'덩치에 걸맞지 않게 투구폼이 부드러워. 그럼에도 공이 미트에 강력하게 꽂혀. 물 흐르듯 자연스러운 동작으로 신체 모

든 에너지를 공에 전달할 줄 알아. 그렇다는 것은 밸런스가 상당히 좋다는 의미인데……'

존 메켄리는 곧바로 노트북에 뭔가를 적기 시작했다.

다른 메이저리그 스카우터들도 구현진에게 집중했다.

퍼엉!

"스트라이크! 타자 아웃!"

구현진은 몸 쪽 높은 곳으로 들어가는 포심 패스트볼로 헛스윙을 유도, 삼진을 잡아냈다. 단 3개의 공으로 1번 타자를 아웃시킨 것이다.

정용웅이 더그아웃으로 향하다가 대기타석에 있던 2번 타자 2루수 배준희를 만났다.

"두 번째 공은 체인지업이었어?"

"그래! 마치 공이 사라지는 것처럼 툭 하고 떨어졌어."

"투구폼은? 조금이라도 다르지 않아?"

"아니, 전혀!"

"이런. 좀 성가시겠는데."

배준희가 중얼거리며 타석으로 향했다. 그러자 정용웅이 몸을 돌려 말했다.

"녀석의 포심도 상당히 빨라! 포심 때문에 체인지업의 위력이 배가 되는 거야. 녀석을 공략하려면 포심을 노려!"

"알았어."

배준희가 타석에 들어섰다.

'포심을 노리라고?'

배준희의 눈빛이 반짝였다. 그사이 사인을 주고받은 구현진이 초구를 던졌다.

'포심이라고 했지? 어……?'

그런데 포물선을 그리며 느린 커브가 날아 들어왔다. 그것도 낙차가 제법 큰 커브였다.

펑!

"스트라이크."

바깥쪽에 살짝 걸치는 스트라이크였다. 배준희는 갑자기 느린 커브가 날아오자 어떻게 대처해야 할지 몰랐다.

'커브?'

배준희는 급히 타석을 벗어났다. 포심 패스트볼을 예상했는데 갑자기 느린 커브가 날아오자 당황했다.

'녀석, 커브까지 가지고 있었던 거야?'

배준희의 머릿속이 복잡해졌다. 배준희는 구현진을 포심 패스트볼과 체인지업만 던지는 투 피치 투수로 알았다. 그런데 초구부터 커브를 던지니 당황할 수밖에 없었다.

'그럼 뭘 노려야 하지?'

배준희가 타석에 들어서며 눈동자가 흔들렸다. 그러는 사이 몸 쪽을 파고드는 포심 패스트볼이 꽂혔다.

퍼엉!

"스트라이크!"

"이크!"

배준희는 어떻게 해야 할지 몰랐다.

허를 찌르는 몸 쪽 패스트볼!

부산 제일고의 배터리는 전혀 예상할 수 없는 투구 패턴을 보여주고 있었다.

'이번에는 뭐야? 어떤 공을 던질 생각이야?'

배준희가 생각하는 사이 구현진의 공이 날아왔다. 이번에도 똑같이 몸 쪽으로 날아드는 공이었다. 순간 배준희는 바로 저번 공의 잔상이 떠올랐다.

그리고 자신도 모르게 방망이를 휘둘렀다. 이건 휘둘러야 한다는 생각이 머릿속에 가득했다. 하지만 공은 홈 플레이트 앞에서 뚝 하고 떨어졌고, 헛스윙 삼진이 되었다.

구현진은 두 타자를 연속 삼진으로 잡아냈다. 투구수는 단 6개. 최소한의 공으로 깔끔하게 처리한 것이었다.

다음은 3번 타자 유격수 김창우가 우타석에 들어섰다. 공을 건네받은 구현진은 힐끔 대기타석에 있는 황용수를 바라보았다.

'저 녀석은 다음 이닝에서 편히 상대하고 싶은걸.'

그러고는 다시 시선을 타석에 서 있는 김창우에게로 보냈다. 김창우가 타석에 들어서고, 장만호의 사인이 나왔다. 바깥쪽 꽉 찬 포심 패스트볼이었다.

구현진은 장만호의 미트를 향해 공을 던졌다. 공은 그대로 일직선으로 날아갔다. 그때 김창우의 방망이도 함께 움직였다.

딱!

구현진의 바깥쪽으로 꽉 차게 들어오는 공을 밀어쳤다. 하지만 공은 1루 측 파울라인을 벗어났다.

'타이밍이 조금 늦었나?'

김창우가 조심스럽게 방망이를 휘둘렀다. 그리고 다시 자세를 잡았다.

구현진도 사인을 주고받은 뒤 글러브를 가운데로 모았다. 가볍게 호흡을 내쉰 후 구현진이 힘차게 공을 던졌다.

후앗!

바깥으로 날아 들어오는 공이었다.

이번에도 김창우의 방망이가 돌아갔다.

딱!

포심 패스트볼 타이밍에 나가던 방망이였다. 그런데 공이 체인지업으로 바뀌자 김창우는 절묘한 방망이 컨트롤로 파울을 만들어냈다.

투 스트라이크 노 볼로 구현진이 유리한 볼 카운트로 끌고 왔다. 이번에 장만호가 몸 쪽으로 앉았다.

그 순간 펼쳐지는 손가락 3개!

구현진의 입꼬리가 슬며시 올라갔다.

'이걸로 끝내자!'

구현진은 장만호의 미트를 향해 공을 힘껏 던졌다. 이번에도 김창우는 기다리지 않고 방망이를 돌렸다. 김창우 역시 구현진이 몸 쪽을 노린 것을 눈치채고 있었다.

팔꿈치를 바짝 붙인 채 몸 쪽으로 날아오는 공에 대처했다. 공을 때리기에 더할 나위 없이 좋은 타이밍이었다.

'이건 장타다!'

김창우의 표정이 밝아졌다. 그런데 홈 플레이트 앞에서 공이 몸 쪽으로 휘어지며 떨어졌다. 그것도 빠른 속도로 말이다.

'스, 슬라이더?'

부웅!

"스트라이크. 타자 아웃!"

구현진이 세 타자 연속 삼진 아웃을 잡으며 유유히 마운드를 내려갔다. 1회 총 투구수는 9개였다.

김창우가 몸을 돌려 3루 측 더그아웃으로 향했다. 그사이 황용수가 옆으로 다가왔다.

"마지막 공은 뭐였냐?"

"슬라이더."

"그래? 그럼 구질이 총 4개네."

"그건 모르지. 원래 투 피치 투수인 줄 알았잖아. 그런데 오늘, 그것도 초반부터 두 개의 구종을 더 던졌어. 앞으로 몇 개가 더 있을지 모르는 거야."

"……."

황용수의 고개가 돌아갔다. 더그아웃으로 향하는 구현진의 등을 바라보았다.

-구현진 선수! 대단합니다. 공 9개로 세 타자 연속 삼진! 그것도 최강 광주북고를 상대로 말이죠.

-그렇습니다. 아무래도 광주북고가 구현진 선수를 만만하게 본 것 같습니다.

-그럴지도 모르죠. 하지만 구현진 선수의 공은 진짜입니다.

부산 제일고의 공격은 8강전부터 5번 타순으로 자리를 옮긴 석정우부터 시작했다. 석정우는 잔뜩 긴장한 얼굴로 타석에 들어섰다.

"야! 석정우! 나하고 약속했지? 홈런 하나 쳐!"

더그아웃에서 휴식을 취하고 있던 구현진이 소리를 빽빽 질렀다.

"넵! 꼭 치겠습니다."

긴장 어린 석정우의 얼굴에 웃음이 번졌다.

이해민은 초구로 포심 패스트볼을 던졌다.

퍼엉!

"스트라이크!"

석정우의 방망이가 움찔했지만 나가지는 않았다.

포수 박준수는 석정우를 힐끔 보았다.

'바깥쪽 공은 움찔하고 말았어. 게다가 너에 대해서는 어느 정도 알고 있지. 몸 쪽 공을 잘 노려 친다는 것을 말이야. 그렇다고 안 던질 수도 없는 노릇이고.'

박준수가 몸 쪽 사인을 보냈다.

'너의 구위로 팍팍 눌러 버려!'

이해민이 고개를 끄덕인 후 힘차게 공을 던졌다. 몸 쪽으로 거의 일직선으로 날아드는 공이었다.

석정우는 자신이 좋아하는 몸 쪽 공이 날아오자 곧바로 방망이를 돌렸다.

딱!

공이 높이 치솟았다.

석정우가 방망이를 집어 던지고 재빨리 1루를 향해 뛰어갔다. 공은 좌익수 방향으로 날아갔다. 그러나 좌익수 윤기수는 뒤로 몇 발자국 움직이더니 그대로 멈췄다.

그리고 글러브를 들어 잡았다. 좌익수 플라이 아웃이 된 석정우는 더그아웃으로 가면서 자신의 오른손을 보았다. 잔떨림이 남아 있었다.

'무, 무겁다.'

6번 포수 장만호가 타석에 들어섰다. 장만호 역시 적극적으로 타격에 임했다. 결국, 삼진으로 물러났지만 파이팅 넘치는 타격을 보여주었다.

7번 중견수 권영호도 좌타석에 들어섰다. 이해민은 포심 패스트볼과 슬라이더를 적절하게 섞어 유격수 땅볼 아웃을 만들었다. 결국, 부산 제일고 역시 삼자범퇴로 2회 초를 마무리 지어야 했다.

구현진이 글러브를 챙겨 마운드로 향했다. 황용수도 헬멧과 방망이를 챙겨 나가 대기타석에서 몇 번 방망이를 휘두르고는 타석에 섰다.

그 순간 관중석에서 커다란 함성이 들려왔다. 바로 광주북고의 응원석이었다.

"와아아아아아!"

"나왔다! 괴물 타자 황용수!"

"난 널 보러 온 거야!"

"오늘도 꼭 홈런 쳐줘!"

관중석도 난리지만 메이저리그 스카우터들도 눈이 반짝였다. 중계진 역시 목소리를 키웠다.

-드디어 나왔습니다. 지난 경기까지 홈런 5개를 친 괴물 타자 황용수. 전 경기에서 3개의 홈런을 몰아 쳤죠?

-굉장한 선수죠. 그러니 일찌감치 프로에서 점찍지 않았습니까. 오늘도 홈런을 기대해 봅니다.

-구현진 선수 세 타자 연속 삼진에 이어, 네 타자 연속 삼진에 도전하고 있습니다. 과연 괴물 타자 황용수를 상대해서 어떤 피칭을 선보일까요?

초구. 구현진은 바깥쪽으로 벗어나는 커브를 던졌다.

황용수는 눈을 부라린 채 꿈쩍하지 않았다. 마치 '난 이 공을 기다리고 있는 게 아니야'라고 말하는 것 같았다.

장만호가 마스크 사이로 눈을 힐끔거리며 다음 사인을 보냈다.

'느린 거 보여줬으니까 이번에는 빠른 공.'

구현진이 고개를 끄덕이며 천천히 글러브를 모았다. 그리고 장만호의 미트를 향해 힘껏 던졌다.

퍼엉!

153km/h 포심 패스트볼이 바깥에 꽂혔다. 하지만 스크라이크 존을 살짝 벗어나는 볼이었다. 그 공을 보고도 황용수는 반응하지 않았다. 그의 입가에 미소가 번지고 있었다.

'새끼, 선구안도 좋네.'

장만호는 2구째 공에 반응을 보일 거로 생각했다. 하지만 꿈쩍도 하지 않는 황용수를 보며 혀를 내둘렀다.

'그렇다면 몸 쪽 체인지업이다.'

구현진은 장만호가 요구하는 대로 몸 쪽 체인지업을 던졌다. 그 순간 황용수가 처음으로 움직였다. 허리가 돌아가고 나중에 팔이 돌아갔다.

마치 체인지업을 기다리기라도 했다는 듯이 완벽한 타이밍을 보여주고 있었다. 그리고 공이 떨어지는 것과 동시에 경쾌한 타격음이 들렸다.

딱!

공이 높게 치솟으며 1루 측 파울라인을 벗어나는 대형 파울이 되었다. 타이밍은 맞았지만, 너무 빨리 잡아 돌린 탓이었다.

그 공을 확인한 구현진이 피식 웃었다.

'역시…….'

만만치 않을 것이라고는 예상했었다. 그런데 대형 파울을 치니 살짝 기가 꺾이는 기분이 들었다. 아니, 왜 괴물 타자라고 불리는지 이해가 되었다. 하지만 구현진도 쉽게 물러날 생각은 없었다.

장만호가 사인을 보냈다. 첫 사인은 바깥쪽으로 흘러나가는 슬라이더를 요구했다. 그러자 구현진이 처음으로 고개를 가로저었다. 그리고 손가락 하나를 펼쳐 팔에 댔다. 그것을 확인한 장만호가 살짝 인상을 썼다.

'또 몸 쪽으로? 그러다가 큰 거 한 방 맞아!'

'걱정하지 마! 잡아낼 자신 있어!'

구현진의 자신 있는 모습에 장만호가 피식 웃었다. 그리고 미트를 몸 쪽 가슴팍에 올렸다. 구현진이 가볍게 고개를 끄덕인 후 글러브를 가운데 모았다.

"후우."

호흡을 고른 구현진이 리프팅을 시도한 후 힘차게 공을 던졌다. 공은 정확하게 장만호가 들고 있던 미트로 향했다. 황용수 역시 방망이를 힘껏 돌렸다.

딱!

또다시 경쾌한 타격음이 들렸다. 공은 우익수 방향 일직선으로 날아갔다. 우익수 예진원이 곧바로 반응하며 뒤로 달렸다. 그리고 어느 순간 달려가는 속도를 멈추며 워닝트랙 앞에서 멈췄다.

"아웃!"

예진원이 공을 포구하며 2루수에게 던졌다. 황용수와의 첫 대결은 구현진의 승리로 돌아갔다. 하지만 구현진의 표정은 그다지 좋지 않았다.

헛스윙을 노리고 던졌던 152㎞/h의 포심 패스트볼을 때려낸 것이다. 비록 구위로 밀어내 아웃되었으나 타격 타이밍만큼은 완벽했다.

"젠장!"

구현진이 마운드를 걷어찼다.

장만호가 급히 마운드로 향했다.

"잘했어!"

"뭘 잘해? 내 공을 완벽하게 쳤는데."

"그래도 너의 구위에 먹혔잖아."

"그래도 이번 대결은 내가 졌어!"

"젠장. 괜히 올라왔네. 쓸데없는 소리 말고 다음 타자나 상대해."

장만호가 구시렁거린 후 마운드를 내려갔다. 그사이 더그아웃으로 돌아온 황용수 역시 표정이 좋지 않았다.

"야, 아까웠다."

"아까웠어. 조금만 더 나갔으면 홈런인데 말이야."

하지만 황용수는 대답하지 않고 자신의 자리로 가서 앉았다. 그리고 말없이 자신의 손을 바라보았다. 약간의 잔떨림이 있었다. 그 뒤에 이해민이 다가왔다.

"먹혔지?"

"그래."

"그럴 줄 알았어. 네가 구위에 밀리다니. 처음 본다."

"다음에는 놓치지 않아."

그사이 5번 유상혁과 6번 노진수는 몸 쪽으로 떨어지는 체인지업과 바깥쪽 꽉 찬 포심 패스트볼에 각각 헛스윙하고 스탠딩 삼진을 당하며 물러났다.

"역시 재미있는 놈이라니까."

구현진이 호투를 펼치자 이해민도 본격적으로 투구에 임했다. 이해민은 부산 제일고의 8, 9, 1번 타자를 맞이해 땅볼과 삼진, 삼진으로 잡아냈다.

구현진도 마찬가지였다. 광주북고의 하위타선을 맞이해 세 타자 모두 삼진으로 돌려세웠다.

4회까지 팽팽한 투수전 양상을 보였다. 이해민은 빠른 속구와 예리한 슬라이더로 부산 제일고의 타석을 5회 초까지 무력화시켰다.

구현진 역시 150㎞/h가 넘는 포심 패스트볼과 체인지업으로 광주북고의 강타자들의 방망이를 돌려세웠다. 여기서 간혹 던진 슬로우 커브와 슬라이더 역시 구현진에게 큰 힘이 되어주고 있었다.

그렇게 4회 말이 끝난 시점까지 구현진은 총 투구수 45개, 삼진은 무려 11개를 잡아내며 퍼펙트 피칭을 펼치고 있었다.

이해민 역시 1회 초에 내어준 단 1개의 안타를 제외하고는 완벽하게 틀어막고 있었다. 한 가지 흠이 있다면 투구수가 다소 많다는 것이었다.

-정말 대단하네요, 구현진 선수. 현재까지 삼진 11개에 무실점 퍼펙트 경기를 펼치고 있습니다.

-그 누가 이런 경기를 예상했겠습니까? 이런 팽팽한 투수전을 누가 상상이라도 했을까요?

-대단합니다. 정말 이런 말밖에 할 수가 없겠군요.

-메이저리그 스카우터들도 보는 눈이 다 달라져 있습니다.

-아마도 이해민, 황용수 그리고 새롭게 구현진까지 보게 되었군요.

-이런 투수들이 나와주면 정말이지 우리 대한민국 야구의 미래가 무척 밝지 않겠습니까?

-저도 그렇게 생각합니다. 지금 이 자리에 있는 선수들이 바로 대한민국 야구의 미래입니다.

메이저리그 스카우터들도 분주히 움직였다. 그들은 구현진에 대해서 새로운 데이터를 수집하기 시작했다.

"이봐, 구현진에 대해서 아는 것 있어?"

"아니, 없어!"

"자네는?"

"나도 없어!"

"도대체 저런 투수가 왜 이제야 나타난 거야? 어서 빨리 대한야구협회에 신분 조회를 요청해! 어서!"

메이저리그 스카우터들은 재빨리 전화기를 꺼내 들었다. 하지만 그들 중 여유로운 사람이 있었다. 바로 에인절스의 존 메켄리였다.

그는 1회 초부터 이미 신분 조회를 의뢰한 상태였다. 게다가 이해민, 황용수보다는 구현진에 대해 집중적으로 분석하고 있었다. 그러자 옆에 있던 다저스 스카우터 맷 스트롱이 의아한 눈빛으로 물었다.

"자넨 왜 가만히 있나?"

"뭘 말인가?"

"다른 사람들은 모두 '구'에 대한 신분 조회를 의뢰하고 난리인데 자네만 느긋해서 하는 말이네."

"나? 뭐……."

존 메켄리는 그저 미소만 지을 뿐이었다. 그 웃음을 본 맷 스트롱은 곧바로 눈치를 챘다.

"먼저 움직였군. 이런……."

맷 스트롱은 자신의 머리를 한 대 툭 치며 안타까워했다.

"내가 한발 늦었어!"

"그게 어디 자네뿐인가."

"아무튼, 나도 절대 '구'를 놓칠 생각은 없네."

"피차 열심히 해보자고."

경기 시작 전 구현진이 장만호에게 했던 말처럼 메이저리그 스카우터들은 모두 구현진에게 집중하고 있었다.

구현진은 글러브를 챙겨 들고 5회 말 공격을 막기 위해 나섰다. 팽팽한 투수전인 만큼 조금의 실수도 용납되지 않는 긴장감이 맴돌았다.

"자자! 저쪽은 클린업부터 시작이다. 정신 바짝 차려!"

주장인 한동희가 손뼉을 치며 말했다.

"으라라랏차!"

구현진을 뺀 나머지 선수들이 기합을 크게 외치며 그라운드로 나갔다. 구현진도 천천히 발걸음을 옮겨 마운드에 올랐다.

구현진은 마운드의 흙을 고르며 대기타석에 있는 황용수를 바라보았다. 첫 번째는 우익수 플라이로 잡았지만 두 번째 타석은 어떻게 될지 장담을 하지 못했다.

-5회 말 광주북고의 4번 괴물 타자 황용수부터 시작됩니다.

-정말 무서운 건 지금부터죠. 광주북고의 주포 황용수를 어떻게 막을 것인지에 오늘 경기의 승패가 달렸다고 볼 수 있겠습니다.

-그러는 사이 구현진 선수 초구를 던질 준비를 합니다.

장만호도 잔뜩 긴장한 상태로 마스크 넘어 황용수를 보았다. 두 번째로 보는 거지만 정말 덩치 하나는 대단했다. 게다가 방망이를 휘두를 때마다 뒷목이 싸늘한 것이 무서웠다.

'역시 조심해야 해. 우선 바깥쪽 꽉 찬 포심 패스트볼.'

구현진이 고개를 끄덕인 후 글러브를 가슴에 모았다.

"후우……."

호흡으로 긴장감을 드러낸 후 장만호의 미트를 향해 힘껏 던졌다. 부드러운 투구폼에서 쏟아내는 구현진의 포심 패스트볼은 전광판에 찍히는 구속보다 체감속도가 더 빨랐다. 그러한 공이 포수가 원하는 코스에 팍팍 꽂히니 타자들이 꼼짝도 못 했다.

퍼엉!

"스트라이크!"

황용수도 반응할 수 없는 완벽한 공이 들어갔다.

"쳇!"

황용수가 인상을 쓰며 타석을 벗어났다. 그리고 방망이를 몇 번 휘두르고는 다시 타석에 들어갔다.

"좋아! 현진아!"

"나이스 볼!"

"그렇게만 던져라!"

구현진 뒤에 있는 내야수들이 힘껏 목소리를 내며 격려했다. 구현진이 2구째 공을 던졌다. 공은 황용수 몸 쪽으로 빠르게 들어가는 공이었다.

황용수의 방망이가 돌아갔다. 하지만 방망이 안쪽에 맞으며 뒤로 넘어가는 파울이 되었다. 단 2구로 2스트라이크를 만들었다.

"궁지에 몰아넣었다! 가자!"

장만호가 손가락 세 개를 펼쳤다.

'잊힐 만하니 한 번 더 던져줘야지!'

장만호가 바깥쪽으로 빠져 앉았다. 구현진이 고개를 끄덕인 후 글러브를 가운데로 모았다. 그리고 천천히 리프팅을 한 후 힘차게 공을 던졌다.

공은 바깥쪽으로 빠르게 날아갔다. 황용수 역시 기다렸다는 듯이 바깥쪽 공에 대처하며 방망이를 휘둘렀다. 그런데 공이 바깥쪽으로 휘며 떨어졌다.

부웅!

'어? 슬라이더?'

황용수의 방망이가 허공을 갈랐다.

퍼엉!

공은 여지없이 장만호의 미트 속으로 빨려 들어갔다.

"스트라이크. 타자 아웃!"

-굉장합니다. 구현진 선수! 괴물 타자 황용수를 삼구삼진으로 잡아버렸습니다.

-삼진을 잡은 구종은 슬라이더 같습니다.

-슬라이더도 던질 수 있었나요?

-놓치신 것 같지만 앞서 한 번 던졌죠.

-아, 구현진 선수가 슬라이더도 장착했었군요. 도대체 저런 선수가 왜 이제야 나타난 것이죠?

황용수는 약간 어이없다는 표정을 지었다. 그렇게 잠깐의 시간이 지난 후 황용수는 가볍게 고개를 끄덕이고는 더그아웃 쪽으로 걸어갔다.

오랜만에 헛스윙 삼진을 당한 황용수의 입가에 절로 미소가 번졌다.

'다음에는 제대로 쳐준다.'

이 삼진으로 황용수는 더욱더 각오를 다졌다.

광주북고 5번 유상혁이 나왔다. 장만호는 긴장된 상황에서도 공격적인 투구 패턴을 요구했다.

'초구 몸 쪽 가슴 높이로.'

구현진이 피식 웃었다. 여태까지 투구 패턴에서 초구는 무조건 바깥쪽이었다. 그런데 이번에는 초구를 몸 쪽으로 요구했다.

'저 자식…….'

구현진이 곧바로 투구 동작을 취하며 장만호가 든 미트를 향해 힘껏 던졌다.

퍼엉!

유상혁의 몸 쪽을 파고드는 정확한 공이었다. 유상혁이 움찔하며 뒤로 물러났지만, 심판은 스트라이크를 선언했다.

2구는 역시 바깥쪽으로 빠지는 볼이었다. 그러곤 다시 몸 쪽으로 파고드는 포심 패스트볼을 던져 유상혁의 방망이를 끌어내며 볼 카운트를 가져갔다.

4구째 바깥쪽 빠지는 체인지업에 유상혁의 방망이가 움찔했지만 나가지는 않았다. 2-2인 상황에서 가운데 낮은 포심 패스트볼에도 꿈쩍하지 않았다.

유상혁은 엄청난 집중력으로 불리한 카운트에서 풀 카운트까지 끌고 왔다. 구현진도 처음으로 풀 카운트를 맞이하게 되었다. 그때 유상혁의 머리가 복잡해졌다.

'바깥쪽 체인지업? 아니면 몸 쪽 하이 패스트볼? 뭐지? 뭐가 날아오는 거지? 분명 삼진 잡으러 들어올 텐데…….'

유상혁이 고민하는 사이 구현진이 던지기 위해 리프팅을 시작했다. 그리고 모든 구종을 똑같은 투구폼으로 던질 수 있는 구현진의 또 하나의 구종 슬로우 커브가 날아들었다.

'어? 커브? 왜 하필 지금? 그런데 너무 느리다. 공은 언제 오지?'

유상혁은 전혀 생각지도 않은 공이 날아오자 방망이를 휘두를 생각도 하지 못했다. 그사이 슬로우 커브는 장만호의 미트 속으로 들어갔다.

펑!

"스트라이크. 타자 아웃!"

슬로우 커브가 정중앙에 꽂히며 스트라이크가 되었다. 스탠딩 삼진으로 물러난 유상혁은 어이없는 웃음을 지었다.

"거기서 슬로우 커브라니……."

구현진의 배짱에 박수를 보내주고 싶었다. 그리고 마지막 타자인 6번 타자 노진수가 들어섰다. 노진수 역시 공을 끝까지 보며 풀 카운트까지 갔다. 그러나 6구째 몸 쪽으로 떨어지는 체인지업에 헛스윙 삼진으로 물러났다.

구현진은 5회 말 19개의 투구로 여섯 타자 연속 삼진을 이어가고 있었다. 현재까지 구현진의 투구수는 60개, 삼진은 14개를 기록했다.

"후우……."

구현진이 더그아웃으로 돌아와 수건으로 땀을 닦았다. 그 옆으로 장만호가 다가왔다.

"피곤하제?"

"괜찮아."

"오늘 공 좋더라. 딱딱 바라는 대로 들어오니 기분 째지네."

"후후, 그러냐? 새끼! 내가 좀 하긴 하지?"

"마! 니는 사람이 칭찬하면 좀……. 됐다. 쉬라."

장만호가 지쳤다는 듯 고개를 절레절레 흔들었다.

그사이 구현진은 이해민의 투구를 지켜보았다. 이해민 역시 빠른 속구와 슬라이더를 곁들여 삼자범퇴로 6회 초 이닝을 마무리 지었다.

6회 말 구현진은 광주북고의 하위타선을 맞이했다.

7번 포수 박준수를 4구 만에 2루수 땅볼 아웃. 8번 윤기수를 4구째 몸 쪽 하이 패스트볼에 삼진. 마지막 9번 채건우 역시 4구 만에 바깥쪽 체인지업으로 헛스윙 삼진을 잡아냈다.

-구현진, 이번 회에도 3명을 셧아웃!

-현재까지 양 팀 모두 무득점입니다.

-팽팽한 투수전 양상을 보여요. 그 누구도 투수전으로 갈 거라고 예상하지 못했는데 말입니다.

-그렇습니다. 하지만 야구팬들은 매우 흥미진진할 것입니다.

-물론 저도 그렇습니다.

"야, 저 녀석 포심이 장난 아니야."

"포심뿐이냐? 체인지업은? 잊을 만하면 나오는 슬로우 커브와 슬라이더는 또 어떻고? 도대체 녀석이 뭘 던질지 가늠이 안 돼!"

광주북고 선수들이 하나같이 구현진의 구위에 놀라고 있었다.

"모든 구종을 똑같은 폼으로 던지니 그러지. 조금이라도 다른 점은 있었어?"

"씨팔. 전혀! 무슨 새끼가 결점이 하나도 없어!"

"야, 우리가 너무 만만하게 봤나?"

그렇게 중얼거리고 있는 사이 에이스 이해민이 글러브를 챙겨 나가면서 한 소리 했다.

"너희는 눈도 없냐! 저기 전광판을 봐, 새끼들아! 우린 지금 퍼펙트로 깨지고 있다고! 제발 정신들 좀 차려!"

이해민이 한 말에 모든 선수의 시선이 일제히 전광판으로 향했다. 그곳에는 0이 빼곡했다.

"우리가…… 퍼펙트로?"

광주북고의 선수들 모두 눈을 크게 떴다. 구현진의 투구에 정신이 팔려서 정작 전광판이 0으로 도배되고 있다는 사실을 알지 못했다.

이해민은 잔뜩 굳은 얼굴로 마운드에 올랐다. 스파이크로 거칠게 흙을 다지며 투구판을 밟았다.

"제길! 지금 상대 팀 투수의 구위에 놀라고 있을 때냐고! 어서 점수를 뽑아야 할 것 아니야. 안 그래도 메이저리그 스카우터들이 지켜보고 있는데……."

이해민은 구시렁거리며 투구를 이어갔다.

부산 제일고 2번 이동우를 상대로 4구 만에 슬라이더로 유격수 땅볼 아웃을 시켰다. 3번 예진원 역시 바깥쪽 높은 하이 패스트볼로 헛스윙 삼진.

4번 한동희가 2구째 바깥쪽 낮은 코스로 날아오는 포심 패스트볼을 밀어쳤다. 3루수와 유격수 사이를 꿰뚫을 것만 같았지만 3루수의 멋진 다이빙캐치로 아웃이 되었다.

결국, 3루수의 파인 플레이로 6회 말 역시 부산 제일고는 삼자범퇴로 물러났다.

"하아, 힘들다."

이해민이 더그아웃으로 돌아와 수건으로 땀을 닦았다. 그리고 코치를 불렀다.

"코치님! 저 투구수 몇 개예요?"

"85개!"

"어? 벌써요? 그럼 저 8회까지네요."

"아, 투구수 제한 때문에 그렇지?"

"네. 아무래도…… 그렇죠?"

이해민의 말에 코치가 감독을 보았다. 광주북고 성기영 감독은 코치에게 고개를 끄덕였다. 코치는 곧바로 불펜을 가동했다. 성기영 감독은 이해민을 보고 살짝 이마를 찡그렸다.

그리고 마운드에 있는 구현진을 보았다. 솔직히 마운드 위에서 전력투구를 펼치는 구현진의 모습이 이해민과 정말 대조적으로 비쳤다.

'그래. 프로지명이 확실하다, 이거지?'

하물며 구현진의 현재 투구는 이해민을 압도하고도 남을 정도였다.

하지만 이해민은 프로와의 계약이 확실시된 후부터는 몸을 사렸고, 그 모습에 솔직히 실망감이 들었다.

"하아……."

성기영은 감독은 못마땅한지 낮게 한숨을 내쉬었다.

그사이 구현진은 7회 말 광주북고의 상위타선을 상대하고 있었다.

1번 타자 정용웅은 앞선 두 타석 모두 삼진으로 물러났다. 1번 타자의 역할을 못 했다는 것에 자존심이 상했다.

'제기랄. 어떻게든 살아나가야 해!'

1스트라이크 1볼에서 몸 쪽으로 던져진 체인지업에 기습번트까지 댔다.

딱!

공은 3루 방향으로 굴러갔다. 3루수 석정우가 당황하며 재빨리 뛰어왔다. 공을 잡으려는데 구현진이 소리쳤다.

“잡지 마, 정우야!”

석정우는 깜짝 놀라며 손을 들었다. 공은 다행히 파울라인을 벗어났다. 그리고 석정우가 곧바로 공을 낚아챘다.

“후우!”

석정우는 깜짝 놀란 가슴을 쓸어내렸다. 구현진이 석정우에게 다가가 글러브를 내밀었다.

“잘했어.”

“정말 깜짝 놀랐어요.”

“후후. 그렇게 보이더라!”

“새끼들, 똥줄이 타긴 탔나 봐요. 기습번트까지 대는 걸 보면요.”

“뭐, 그런가 보지.”

구현진이 웃으며 마운드로 향했다. 정용웅은 아쉬운 얼굴로 다시 타석에 돌아와 방망이를 집어 들었다. 그리고 2스트라이크 1볼의 상황에서 바깥쪽 하이 패스트볼이 날아들었다.

퍼엉!

정용웅이 아무리 방망이를 짧게 잡아도 구현진의 빠른 공에는 따라가지 못했다. 결국, 3번 연속 삼진을 당한 정용웅이 인상을 썼다.

“젠장!”

2번 배준희는 나오자마자 초구와 2구를 때려 파울을 만들었다. 이후 불리한 볼 카운트에서 공 2개를 잘 골라냈다. 2스트라이크 2볼의 상황에서 갑자기 느린 커브가 날아왔다.

배준희가 깜짝 놀라며 방망이를 돌려보았다. 아니, 공을 건드리기 위해 안간힘을 썼지만 역부족이었다. 결국, 헛스윙 삼진으로 물러났다.

방금 찍힌 슬로우 커브의 구속은 92㎞/h였다. 152㎞/h의 포심 패스트볼과는 구속 차가 무려 60㎞/h나 났다. 게다가 타자가 느끼는 체감속도의 차이는 더 심했다.

배준희 역시 세 번 연속 삼진으로 물러나자 기분이 썩 좋지 않았다.

"제기랄. 계속 당하기만 하고 있어!"

3번 김창우도 타석에 들어서는 모습이 그다지 좋지 않았다. 그도 앞선 두 타석 모두 삼진으로 물러났기 때문이었다. 그래서일까. 이번에도 삼진으로 물러날 것 같은 불길한 느낌이 들었다.

그래서 그런지 김창우 역시 방망이도 제대로 휘두르지 못하고, 5구째 바깥쪽 낮은 포심 패스트볼에 스탠딩 삼진을 당해 버렸다.

구현진은 광주북고의 1, 2, 3번 타자 모두 삼진으로 돌려세웠다. 이로써 구현진은 7회 현재까지 삼진을 무려 19개를 잡아내고 있었다.

-와우! 삼진, 삼진, 삼진입니다. 구현진 선수 7회까지 19개의 삼진을 잡아내며 퍼펙트 경기를 이어가고 있습니다.

-세상에. 눈으로 보고도 믿어지지 않습니다. 구현진 선수, 광주북고의 강타선을 모두 삼진으로 돌려세우고 있습니다.

-지금 이 경기를 보는 모든 야구팬이 구현진 선수의 경이로운 피칭에 사로잡힐 것입니다.

-그런데 이런 식이면 고교야구 최다 탈삼진도 도전해 볼 만하겠는데요?

-그렇죠. 2013년 대구 우상고의 이우민 선수가 세웠던 26개 탈삼진을 말씀하시는 것이죠? 그때 이우민 선수가 10이닝을 혼자 던졌습니다.

-그렇군요. 하지만 구현진 선수도 이대로라면 그럴 가능성이 있습니다. 현재까지 투구수가 86개거든요. 이대로라면 9회까지 삼진으로 잡을 경우 25개가 됩니다. 하지만 두 팀 모두 점수를 뽑지 못하고 연장전으로 간다면 또 모를 일입니다.

-아무튼, 구현진 선수 퍼펙트에 최다 탈삼진 기록까지 갈아치운다면 명실상부 이번 대회 최고의 투수가 될 것입니다.

더그아웃으로 돌아온 구현진은 수건으로 땀을 닦았다. 김명환 감독이 구현진에게 다가갔다.

"어깨는 어때?"

"전혀 문제없어요."

"그래!"

김명환 감독은 더 이상 묻지도 않았다. 그저 가볍게 어깨를 두드리고는 자신의 자리로 갔다.

이해민은 8회 초 5번 석정우를 삼진. 6번 장만호 역시 삼진 아웃. 그리고 7번 권영호를 1루수 파울플라이로 잡아내며 이닝을 끝마쳤다.

이해민의 8회 초 공격까지 총 투구수는 97개였다. 이해민이 마운드를 내려가며 힐끔 부산 제일고 구현진을 보았다. 별 볼 일 없다고 생각했는데 그게 아니었다.

"칫!"

이해민이 혀를 차며 기분 나쁜 표정을 지었다. 더그아웃으로 돌아온 이해민은 곧장 더그아웃 뒤쪽으로 들어갔다. 그것은 곧 이해민의 투구가 여기까지라는 뜻이었다.

구현진은 8회 말에도 생생한 어깨를 자랑하며 투구를 했다. 선두타자는 지난 타석에서 삼진으로 물러난 괴물 타자 4번 황용수였다.

황용수는 이미 자존심의 스크래치가 간 상황이었다. 하지만 이번만큼은 절대 물러서지 않겠다는 각오로 타석에 섰다.

부웅, 부웅!

커다란 덩치에 방망이를 휘두르자 엄청난 소리가 들려왔다. 마운드에 서 있는 구현진에게도 강한 압박처럼 들려왔다.

"쳇! 괴물은 괴물이네."

장만호가 저번 타석에서 삼진을 잡았던 슬라이더를 떠올렸다. 다시 한번 슬라이더를 보여주고 싶었다. 하지만 왠지 한 대 얻어맞을 것 같았다.

8회 말 양 팀 모두 무득점인 상황에서 큰 거 한 방만큼은 피해야 했다. 그렇다고 조심스럽게 상대했다간 오히려 불리한 볼카운트에 몰리게 될 것 같았다.

'어떻게 하지? 어떤 식으로 상대해야 해?'

장만호의 고민이 계속되었다.

'저 녀석 아직 체인지업에 대해 감을 잡지 못했을 거야. 그렇다면 체인지업?'

솔직히 좌타자인 황용수에게 체인지업을 잘못 던졌다가는 몸 쪽으로 파고드는 위험한 공이 될 수도 있었다. 황용수는 첫 타석 때도 대형 파울을 만들었다. 일반적으로 좌투수는 좌타자에게 체인지업을 거의 던지지 않았다.

하지만 장만호는 오히려 그것을 역이용하고 싶었다. 장만호의 생각이 길어졌고, 기다리다 못한 황용수가 타임을 불렀다.

"타임!"

심판이 두 팔을 펼치며 소리쳤다.

장만호가 미트를 팡팡 치며 준비되었다는 신호를 보냈다. 황용수가 다시 타석에 들어서고 매서운 눈빛으로 구현진을 노려보았다.

구현진은 장만호의 몸 쪽 체인지업 사인을 보고 살짝 놀랐다. 하지만 이내 고개를 끄덕였다.

구현진이 가볍게 호흡을 고른 후 장만호의 미트를 향해 힘껏 공을 던졌다. 공이 잘 날아가다가 홈 플레이트 앞에서 멈칫하며 떨어졌다. 황용수의 방망이 역시 힘차게 돌아갔다.

딱!

공은 우익수 파울라인을 조금 벗어났다.

황용수는 공을 아슬아슬한 지점까지 끌어당겨 치는 타격을 했다. 그래서 어설픈 몸 쪽 승부는 장타로 이어지게 마련이었다.

물론 바깥쪽 공에도 강했다. 바깥으로 빠지는 공을 당겨 홈런을 만들어내는 힘 하나는 끝내주는 타자였다.

그런데 장만호와 구현진은 몸 쪽 승부를 펼치는 배짱을 보였다. 이 모습에 메이저리그 스카우터들 역시 큰 점수를 주고 있었다.

"이야! 구는 가면 갈수록 맘에 드네. 그런 사인을 보내는 포수도 대단하고 말이야. 정말 환상적인 궁합이군."

“자고로 투수라면 저런 배짱이 있어야지.”

“그래! 저래야 큰 투수가 될 수 있어.”

구현진에 대한 메이저리그 스카우터들의 평가는 처음과 180도로 달라져 있었다. 더 이상 우연히 유현진과 같은 이름을 가진 선수쯤으로 생각할 수 없었다.

구현진이 2구째를 던지기 위해 리프팅을 하였다. 그리고 다시 장만호의 미트를 향해 공을 던졌다.

그런데 2구째 역시 몸 쪽으로 날아가는 체인지업이었다. 황용수는 이것 역시 잡아당겨 파울을 만들었다. 심지어 이번 체인지업은 초구보다 더 낮게 던졌다. 덕분에 황용수의 스윙이 다소 무너지게 되었고 또다시 파울로 이어진 것이었다.

그 모습을 지켜보던 광주북고의 감독 성기영의 표정이 굳어졌다.

‘저 포수, 제대로 한 방 먹여주는군.’

장만호의 눈빛이 반짝였다. 한 발자국 바깥으로 내디디며 미트를 들었다. 이건 사인도 필요가 없었다. 장만호가 든 미트를 보면 무엇을 던져야 할지 구현진은 알 수 있었다.

‘바깥쪽 낮은 코스!’

타자들이 가장 멀다고 느끼는 바로 그 코스였다.

‘현진아! 너의 최고의 공을 꽂아버려!’

장만호의 마음이 전해졌을까?

구현진이 피식 웃으며 고개를 끄덕였다. 글러브를 천천히 가슴에 모은 구현진은 가볍게 호흡을 내뱉었다.

"후우……."

그리고 천천히 리프팅을 하며 집중력을 올렸다. 올린 다리를 앞으로 힘차게 내차며 공을 던졌다.

공은 정확하게 장만호가 들고 있는 미트로 빠르게 날아갔다.

'온다!'

황용수 역시 이것을 기다렸다는 듯이 허리를 돌렸다. 방망이 역시 빠르게 돌아가며 구현진의 포심 패스트볼을 맞히려 했다.

그러나…….

퍼엉!

황용수가 헛스윙 했다. 그것도 가장 자신 있는 빠른 공을 상대로 말이다. 황용수는 허리가 돌아간 상태로 한동안 움직이지 못했다.

그러는 사이 심판의 손이 올라가며 힘차게 외쳤다.

"스트라이크! 타자 아웃!"

"와아아아아아!"

관중석에서 뜨거운 함성이 들려왔다.

그때 전광판에 공의 구속이 찍혔다.

[156㎞/h]

"우오오오오!"

그와 동시에 관중들이 놀라움에 탄성을 질렀다.

156㎞/h는 오늘 구현진이 찍은 최고의 구속이었다. 최고의 타자에게 걸맞은 최고로 빠른 구속과 삼진이었다.

황용수가 두 타석 모두 삼진으로 물러났다. 황용수는 자신의 삼진을 인정하는 듯 피식 웃으며 더그아웃으로 향했다.

이제 어쩌면 구현진과의 오늘 대결은 이렇게 끝이 날 것 같았다. 그의 투구수를 예상하면 9회 아니면 10회로 끝이 날 것 같았다.

'한 번 더 상대해 보고 싶은데…….'

황용수는 아쉬운 마음이 들었다.

선두타자를 깔끔하게 삼진으로 잡은 구현진은 여전히 광주북고의 클린업 타선을 상대했다. 5번 유상혁에게는 초구 슬로우 커브를 던져 스트라이크를 만들었다.

2구는 바깥쪽 포심 패스트볼이었다. 유상혁은 그것을 툭 맞혔지만, 파울이 되었다. 유상혁은 2구 만에 또다시 궁지에 몰렸다.

하지만 3개의 유인구를 솎아내며 타석을 지켜냈다. 저번 타석과 마찬가지로 탁월한 선구안으로 끈질긴 승부를 이어나갔다.

결국, 2스트라이크 3볼 풀 카운트가 되면서 오히려 구현진이 몰린 상황이 되었다. 구현진은 여기서 또 한 번 배짱을 부렸다. 과감히 정 가운데로 날아가는 체인지업을 던진 것이다.

실투로 착각한 유상혁은 홈 플레이트 앞에서 뚝 떨어지는 공 위로 헛스윙, 삼진을 당해 버렸다.

-와우! 광주북고의 4, 5번 타자 두 명을 연속 삼진! 이게 말이 됩니까?

-오늘 구현진 선수는 어떤 타자가 나와도 못 막을 것입니다.

그리고 구현진은 6번 노진수 역시 풀 카운트 접전 끝에 바깥쪽 체인지업을 던져 저번 타석과 마찬가지로 헛스윙 삼진을 잡았다.

이로써 8명 연속 탈삼진을 기록했다. 게다가 8회 말까지 총 투구수는 정확하게 100개. 삼진은 무려 22개를 잡았다.

"야, 구현진! 너 미쳤다!"

"진짜로 대단해! 너 오늘 피칭 정말로 미쳤어!"

"하핫! 이 자식!"

부산 제일고 동료들이 밝아진 표정으로 구현진을 격려했다.

하지만 정작 구현진은 표정 변화가 없었다. 끝까지 집중력을 놓지 않으려고 애썼다.

광주북고의 9회 초에는 바뀐 투수가 올라왔다.

-어? 이해민 투수가 아니네요.

-투수가 바뀐 모양입니다. 아무래도 한계 투구수에 도달한 이해민 투수가 더 이상 버티기 어렵다고 판단한 모양입니다.

-아, 안타깝네요. 이해민과 구현진, 세기의 투수 대결이 이렇게 끝이 났네요. 그럼 두 사람 중 승자는 구현진인가요?

-그렇다고 봐야죠. 이해민 선수 역시 대단한 피칭을 보여줬지만, 구현진 선수의 탈삼진 행진을 보세요. 그야말로 광주북고를 짓누르고 있습니다.

광주북고 성기영 감독도 심기가 그리 좋지 않았다. 8회 말을 막고 내려가는 구현진을 향해 동료 선수들이 뜨겁게 격려해 주는 모습을 보았다.

그런데 이해민에게는 그 누구 하나 격려를 해주지 않았다. 하물며 뒤쪽으로 간 이해민은 더그아웃에 모습조차 드러내지 않고 있었다.

"흐흠……."

성기영 감독이 낮은 신음을 흘렸다.

'계속해서 이겨왔기에 가만히 있었는데……'

성기영 감독은 팀 분위기를 망치기 싫어 그냥 조용히 있었다. 하지만 이제는 말을 해야 할 때가 온 것 같았다.

광주북고는 선수층이 두터운 학교인 만큼 불펜 투수 역시 만만치 않았다. 마운드에 새로 올라온 광주북고 투수는 부산 제일고 타선을 간단하게 삼자범퇴로 틀어막았다.

그리고 광주북고의 9회 말 마지막 공격이 시작되었다. 구현진이 글러브를 챙겼다.

김명환 감독은 그런 구현진을 보며 가볍게 고개를 끄덕였다. 이번 회도 너에게 맡긴다는 것이었다. 구현진이 피식 웃었다. 그리고 마운드에 올라 하위타선을 상대했다.

여기서도 구현진의 삼진 퍼레이드는 이어졌다. 하위타선을 모두 삼진으로 돌려세우며 9회 말 경기가 끝났다.

-부산 제일고의 구현진 선수 9회 말까지 퍼펙트 경기를 하고 내려갔습니다. 정말 대단하지 않습니까.

-네, 그렇습니다. 현재 기록된 고교야구의 기록을 구현진 선수가 오늘 모조리 갈아치우고 있습니다.

-그 누가 상상했겠습니까? 지금 보고 있는 저희도 가슴이 벅차오릅니다.

-도대체 구현진 선수의 끝이 어디인지 확인해 보고 싶을 정

도입니다.

-9회까지 구현진 선수의 총 투구수는 116개. 삼진은 25개였습니다. 최다 탈삼진까지 1개를 남겨 둔 상황. 과연 10회 말에도 마운드에 오를까요?

-글쎄요, 지금 현재 가장 중요한 것은 투구수입니다. 116개를 던진 시점에서 이미 투수 교체가 이루어졌어야 했다고 생각합니다. 그렇다면 선수 보호 차원에서라도 아마 9회까지가 아닐까 예측해 봅니다.

-하지만 10회 말에도 봤으면 하는 바람 아닙니까?

-하하하. 대기록을 위해서는 저도 나왔으면 하는 바람입니다.

-그렇지만 구현진 선수의 미래를 생각하면 안 나오는 것이 좋겠죠?

-그렇습니다. 하지만 이건 어디까지나 감독의 판단입니다.

-아무튼, 구현진 선수가 10회 말에 나올 것을 기대하면서 계속해서 경기를 지켜보겠습니다.

부산 제일고와 광주북고의 경기는 9회 말까지 0 대 0으로 이어졌다. 결국, 연장전에 들어갔다.

10회 초 부산 제일고의 선두타자는 1번 타자부터 시작되었다. 하지만 송재혁은 별다른 활약을 펼치지 못하고 2루 땅볼로 아웃되었다.

2번 이동우 역시 내야 플라이 아웃. 3번 예진원이 큼지막한 타구를 날렸지만, 좌익수 플라이 아웃이 되었다. 이번 경기에서 부산 제일고가 날린 타구 중 가장 멀리 날아간 것이었다.

그렇게 10회 초 부산 제일고의 공격이 끝났다. 곧이어 10회 말 광주북고의 공격이 시작되려 하고 있었다. 모두의 관심은 과연 10회 말에도 구현진이 등판하냐는 것이었다.

-10회 말입니다. 현재 모든 관심이 구현진 선수의 등판 여부에 집중되었습니다.

-아, 지금 구현진 선수 감독과 무슨 말을 나누고 있군요.

-부산 제일고 김명환 감독. 구현진 선수를 내보낼까요?

그때였다.

구현진이 글러브를 챙겨서 마운드로 향했다. 그 순간 관중석에 있던 관중들이 일제히 환호성을 질렀다.

"와아아아아! 구현진! 구현진!"

일제히 구현진을 연호하며 대기록 작성에 힘을 보태주고 있었다.

-나왔습니다! 구현진 선수! 10회 말에도 어김없이 나옵니다.

-이제 최다 탈삼진 기록을 갈아 치우냐, 못 갈아 치우냐 싸

움입니다.

-당연히 갈아 치우겠죠?

-그랬으면 하는 바람입니다. 게다가 퍼펙트 경기까지 펼치고 있습니다. 이 기록도 정말 대단합니다. 고교야구 역사상 퍼펙트게임과 최다 탈삼진이 한 경기에 나온 적은 없었습니다. 전무후무한 대기록입니다.

-그 기록에 도전하는 구현진 선수입니다.

구현진은 마운드에 올라 호흡을 골랐다. 그리고 조금 전 더그아웃에서 김명환 감독과 나눴던 대화가 떠올랐다.

"현진아, 마음 같아서는 더 던지게 해주고 싶지만……."

"그럼 더 던지게 해주세요."

"너, 오늘 몇 개 던졌는지 알고 있니?"

"아직 어깨가 올라갑니다. 그러니 더 던지게 해주세요."

"……."

김명환 감독은 잠시 입을 다물었다. 그러고는 낮게 한숨을 내쉬었다.

"후우. 현진아, 넌 아직 젊다. 지금의 모습만으로도 충분히 메이저리그 스카우터들이나 프로구단들에게 네 이름을 각인시켰어. 이 한 경기로 너의 선수 생활을 끝낼 생각은 아니지 않냐. 그러니 여기까지만 하자!"

"감독님! 딱 한 이닝만 더 던질게요. 딱 한 이닝만요. 지금은 뭔가 만족스럽지가 않아요."

구현진이 간곡하게 부탁했다. 김명환 감독은 고민에 휩싸였다. 116개의 투구수를 기록하고 있다. 이 정도만 되어도 혹사 논란이 일어날 정도였다.

그런데도 구현진은 계속 던지고 싶어 했다. 김명환 감독은 그런 구현진의 마음을 꺾고 싶지 않았다.

"하아, 진짜 내가…… 졌다. 그래, 나가라! 단, 이번 이닝까지다. 그것만 약속해라."

"네, 알겠습니다."

구현진의 표정이 밝아졌다.

그리고 이렇게 구현진은 10회 말을 막기 위해 마운드 위에 섰다.

"후회 없이 던지고 내려갈 거야."

구현진이 왼손에 쥔 공을 강하게 움켜쥐었다. 그때 1번 타자 정용웅이 타석에 들어섰다. 3연타석 삼진으로 자존심이 많이 상해 있었다.

펑!

퍼엉!

펑!

"스트라이크! 타자 아웃!"

구현진은 마지막 이닝이라는 생각에 더욱 힘을 냈다. 156㎞/h의 포심을 여지없이 꽂아 넣으며 삼구삼진을 만들었다.

정용웅은 이번 타석에서 자존심에 더 큰 상처를 입고 돌아섰다.

-삼진! 삼진입니다. 드디어 최다 탈삼진과 타이기록을 작성했습니다.

-드디어 이루게 되는군요. 정말 대단합니다. 구현진 선수!

-하지만 아직 한 타자가 남았습니다. 이 타자마저 삼진으로 잡으면 한 경기 최다 탈삼진을 갈아치우게 됩니다.

구현진이 마운드 위에서 호흡을 골랐다.

2번 배준희가 나왔다. 배준희는 어떻게든 진루하기 위해 애를 썼다. 그래서 초구부터 번트를 댔다.

딱!

다행히 1루 파울라인을 벗어났다. 그때를 같이해 관중석에서 야유가 흘러나왔다.

"우우우우우!"

"치사하다!"

"그렇게 살고 싶었냐? 정정당당하게 맞서라!"

"대기록을 방해하지 말라고!"

관중들의 야유를 받은 배준희는 순간 당황했다. 자신은 그저 살아나가고 싶었을 뿐이었다. 그런데 관중들에게 야유를 받으니 당혹스러웠다.

'아니. 왜?'

이후 구현진의 몸 쪽 포심 패스트볼에 스트라이크 그리고 3구째 바깥쪽 체인지업에 헛스윙하여 삼진을 당했다.

"스트라이크. 타자 아웃!"

그 순간 관중석에서 뜨거운 함성이 들려왔다.

"우와아아아아!"

"드디어 해냈다! 대단하다, 구현진!"

"구현진! 구현진! 구현진!"

마운드를 내려가는 구현진을 연호했다. 전광판에서도 탈삼진 27개 대기록을 축하하는 메시지가 나왔다.

-드디어 해냈습니다. 2013년에 나왔던 26개의 탈삼진 기록을 4년이 지난 지금 구현진 선수에 의해 깨졌습니다.

-정말 축하드립니다, 구현진 선수!

-정말 대단합니다.

캐스터와 해설위원 두 사람이 동시에 말했다.구현진은

3번 타자 김창우마저 삼진으로 돌린 뒤, 천천히 더그아웃으로 돌아갔다. 동료들도 구현진에게 축하 인사를 건넸다.

"현진아, 축하한다!"

"축하해!"

"축하드립니다."

"그래. 고마워."

구현진은 지금까지 자신이 최다 탈삼진 기록에 도전하고 있었다는 사실을 까맣게 몰랐다. 그저 최선을 다해 던지고 집중하고 있었다.

그런데 관중들의 환호와 동료들의 칭찬을 들으며 그제야 자신이 한 경기 최다 탈삼진 기록을 세웠다는 것을 알았다.

'그랬나? 그랬구나……. 내가 최다 탈삼진을…….'

구현진은 10회 말까지 하얗게 불태웠다. 멍하니 전광판 기록을 확인했다. 그때 장만호가 다가왔다.

"새끼, 오늘 좀 던지더라?"

"내가 언제는 안 그랬냐?"

"고생했다!"

"그래……."

구현진은 수건으로 얼굴을 감쌌다. 그때야 왼쪽 어깨가 뻐근해짐을 느꼈다.

'오늘 경기는 진짜 여기까지네.'

그때였다.

딱!

"와아아아아!"

관중석에서 큰 환호성이 들렸다.

구현진이 덮고 있던 수건을 벗었다. 재빨리 자리에서 일어나 그라운드를 보았다. 2루 베이스를 돌며 한 손을 높이 치켜든 석정우가 있었다. 그때 옆으로 장만호가 달려왔다.

"마, 현진아. 저 새끼……. 정우 새끼가 일냈다."

"뭐?"

"정우 녀석이 홈런을 쳤다고!"

"진짜?"

"그래, 인마!"

구현진의 시선이 전광판으로 향했다. 11회 초 그곳에 0이 아닌 1이 찍혀 있었다.

부산 제일고의 두 번째 안타가 홈런이 되면서 광주북고를 1 대 0으로 앞서갔다. 1회 초에 안타와 11초에 홈런, 단 두 개의 안타가 유일했다.

석정우는 더그아웃으로 들어와 동료들의 뜨거운 세리머니를 받았다.

"새끼! 너 진짜 물건이다!"

"마, 네가 크게 한 건 할 줄 알았다."

"아이고, 귀여운 새끼!"

"멋진 새끼! 쪽쪽쪽!"

석정우도 많이 상기된 얼굴로 축하를 받았다. 그리고 구현진과 눈이 마주쳤다. 구현진이 피식 웃으며 주먹 쥔 오른손을 들었다. 석정우도 말없이 웃으며 주먹 쥔 오른손을 들어 부딪쳤다.

그렇게 11회 초 석정우의 홈런으로 부산 제일고가 1점 앞서 갔다. 광주북고는 11회 말 마지막 공격을 남기게 되었다. 여기서 최대 관심사는 11회 말에도 구현진이 나오냐는 것이었다.

그때 투수 교체 사인이 나왔다.

-아, 투수 교체군요. 선발 투수 구현진 선수가 내려가고 마무리 김창식 선수가 나왔습니다. 안타깝네요. 하지만 투구수가 126개로 많았어요.

-네, 그렇습니다. 김창식 선수도 마무리로서 자신의 능력을 보여주고 있습니다. 하나 아직 경험이 부족한 2학년이라는 점과 과연 큰 무대에 선 압박감을 이겨낼 수 있느냐가 관건이겠습니다.

-그렇군요. 게다가 이번 회는 선두타자가 4번 황용수입니다. 이 또한 재미난 볼거리가 아닐까요?

-맞습니다. 여기서 황용수가 홈런을 치게 되면 또다시 동점이 됩니다. 물론 부산 제일고 선수들에게는 최악의 시나리오겠

지요. 하지만 지켜보는 저희에겐 재미난 경기가 아니겠습니까?

-맞습니다. 어쨌든 큰 부담감을 안고, 마무리 김창식 선수가 마지막이 될지도 모를 11회 말을 막기 위해 올라왔습니다.

펑!

김창식이 연습 투구를 던졌다. 김창식의 표정에는 아무런 변화도 없었다. 2학년답지 않게 담담한 얼굴이었다.

"창식이가 잘 막겠지?"

구현진이 걱정스러운 얼굴로 중얼거렸다. 그러자 조정훈이 다가왔다.

"인마, 팀원 좀 믿어라! 저리 보여도 너 다음으로 구위가 좋은 녀석이니까. 아니지, 구속으로 따지면 저 녀석이 더 높게 나오지?"

"뭐?"

구현진이 고개를 돌렸다. 그러자 조정훈이 눈짓을 하며 일단 지켜보라고 했다.

그리고 김창식은 4번 황용수를 상대로 초구 바깥쪽으로 포심 패스트볼을 던졌다.

퍼엉!

그때 찍힌 구속은 157㎞/h였다.

"헉! 저거 진짜야?"

구현진이 고개를 돌려 조정훈을 보았다. 그러자 조정훈이 피식 웃었다.

"내가 그랬잖아. 구속은 너보다 더 빠를 거라고. 저 녀석이 저번 겨울에 웨이트 트레이닝으로 근력을 엄청 키웠거든. 그리고 유연성까지 가지고 있으니까. 어느 순간 구속이 확 올라가더라."

"그래?"

구현진은 전혀 몰랐다. 공이 빠르다는 정도는 알았지만, 저 정도일 줄은 생각지도 못했다.

"마, 니도 좀 애들을 믿어봐라. 니 혼자 다 할라고 하지 말고."

조정훈의 충고에 구현진이 피식 웃었다.

그때였다.

딱!

경쾌한 타격음이 들려왔다. 구현진과 조정훈의 시선이 동시에 돌아갔다.

"뭐꼬? 넘어가지 마라! 넘어가지 마라!"

중견수 권영호가 열심히 뒤로 뛰어 펜스에 등을 딱 대고 멈춰 섰다. 그리고 공이 권영호의 글러브 속으로 들어갔다.

"아이고, 심장이야!"

"놀라 뒤지는 줄 알았네."

더그아웃에 있는 동료들이 저마다 가슴을 쓸어내렸다. 구현진도 마찬가지였다. 김창식의 힘에 황용수가 밀린 것이었다.

그 뒤로 김창식은 빠른 공을 미트에 꽂아 넣으며 5번 타자를 삼진으로 잡았다. 6번 타자마저 4구째 공을 미트에 박으며 헛스윙 삼진으로 잡아냈다.

"스트라이크 아웃! 게임 셋!"

"와아아아아아!"

부산 제일고 선수들이 일제히 마운드를 향해 뛰어갔다. 이제 8강전 승리를 장식한 부산 제일고인데 마치 우승한 것처럼 기뻐했다.

"우리가 이겼어! 이겼다고!"

"최강 광주북고를 꺾었다고!"

-부산 제일고가 청룡기 대회 최고의 다크호스로 떠올랐습니다. 우승 후보 0순위인 최강 광주북고를 1 대 0으로 꺾고 4강에 진출했습니다.

-이번 대회 최고의 이변입니다.

-그 이변의 주인공은 바로 구현진 선수입니다.

구현진은 광주북고와의 8강전 경기에서 총 투구수 126개 삼진 28개로 한 경기 최다 탈삼진을 기록했다. 그리고 10회 말까지 퍼펙트 경기를 펼쳤다.

부산 제일고 선수들이 응원석을 향해 줄을 섰다. 관중들이 일제히 아낌없는 박수를 보내주었다.

짝짝짝짝!

“대단하다!”

“정말 멋있다!”

“부산 제일고 파이팅!”

부산 제일고 선수들이 모자를 벗어 응원해 준 관중들에게 인사했다.

10장
결승으로 가는 길

I.

[최다 탈삼진 신기록! 고교야구 '닥터 K' 구현진!]

고교야구 한 경기 최다 탈삼진 기록을 수립한 부산 제일고 구현진. 구현진은 청룡기 전국 야구 대회에서 최강 광주북고를 맞이해 10이닝 동안 무려 28개의 삼진을 잡아내며 팀의 1 대 0 승리를 견인했다.

28개 탈삼진은 2013년 이우민이 대구 우상고 시절 고교야구 주말리그에서 10이닝 동안 26개의 탈삼진을 잡아낸 수치를 뛰어넘는 한국 고교야구 한 경기 최다 기록이었다.

9이닝 동안 기록한 25개 탈삼진 역시 역대 최다 타이기록이었다. 구현진은 최고구속 156㎞/h의 빠른 직구에 체인지업과 슬라이더, 커브를 섞어 던졌다.

구위는 상당히 날카로웠으며 스트라이크존을 넓게 사용하여 내·외곽에 팍팍 꽂히는 안정된 제구력도 갖추었다.

투구폼이며 덩치, 이름까지 유현진을 많이 닮은 구현진은 '언젠가는 유현진 선배처럼 메이저리그에서 뛰고 싶다.'라는 당찬 포부도 밝혔다.

인터넷에 올라온 실시간 뉴스에 야구팬들은 일제히 구현진에 대해 검색했다.

기사 밑에는 어느새 수많은 댓글이 달리기 시작했다.

ㄴ이거 실화임?

ㄴ이게 말이 돼? 괴물이 아니고서야…….

ㄴ야, 구라 치지 마! 우리나라에서 이게 말이 돼?

ㄴ이야, 우리 고교야구 무시하네. 별별 기록이 다 있거든. 궁금하면 아래 링크 걸어놓겠삼.

ㄴ헉! 진짜네!

ㄴ그런데 10이닝이면 너무 많이 던진 거 아님?

ㄴ예전 이우민도 130개 넘게 던져서 팔 아작 났잖아.

ㄴ얘도 팔 걸레 되어서 프로 입갤할 듯.

ㄴ얜 픽하면 안 되겠다!

ㄴ고등학교 지도자들이 문제임. 아직 한창 자랄 선수인데, 투구수 관리를 해줘야 하는 거 아님? 저렇게 혹사시키니……. 조만간 팔꿈치

수술하겠네.

거실 한편에 마련된 컴퓨터 앞에서 아버지가 웃고 있었다.

"후후, 역시……. 역시 내 아들이야."

아버지는 기사를 읽으며 연신 좋아했다. 그러다가 댓글 아래에 혹사에 관한 댓글을 보고 인상을 찡그렸다.

"혹사? 이놈들이……."

아버지는 곧바로 자판기에 손을 놀렸다. 그리고 능숙한 독수리 타법으로 댓글을 달았다.

"구현진 수술 성공이다! 이놈아! 잉? 너무 나갔나?"

아버지는 그 부분을 지우고 다시 적었다.

"구현진 수술 잘 받았다! 이제 괜찮다!"

아버지는 자신이 적은 댓글을 흐뭇하게 쳐다보고는 엔터를 눌렀다. 그리고 잠시 후 그 밑에 댓글들이 달리기 시작했다.

ㄴ헉! 진짜 구현진 아버지?

ㄴ진짜? 레알?

ㄴ이야! 아버지 대단하시네. 여기에 댓글도 다시고!

ㄴ아버지, 멋지다.

아버지는 댓글을 보고 순간 화들짝 놀랐다.

"허걱! 이놈들이 난 줄 어떻게 알았지?"

아버지는 자리에서 벌떡 일어나며 안절부절못했다. 그러나 그때까지 댓글을 단 아버지의 아이디가 바로 '구현진애비!'였단 사실을 인지하지 못하고 있었다.

"우짜지?"

아버지는 당황하며 어쩔 줄 몰라 했다.

2.

구현진은 시합이 끝나자마자 수술한 병원을 찾았다. 왼쪽 어깨와 팔꿈치에 아이싱을 한 상태 그대로 병원을 찾았다. 김명환 감독은 준비할 것이 있어 먼저 버스를 타고 부산으로 향했다.

그래서 구현진은 고윤성 투수코치와 함께 구현진이 수술했던 병원을 찾았다.

병원에 도착한 구현진은 MRI 촬영부터 받았다. 그러고는 소파에 앉아 진료 순서를 기다리고 있었다.

약 30여 분이 흐르고 간호사가 나오며 구현진을 불렀다.

"구현진 씨!"

"네에."

구현진이 자리에서 일어났다. 고윤성 투수코치도 함께 일어났다. 그런데 갑자기 전화기가 울렸다.

"어? 감독님이네. 먼저 들어가. 난 전화 받고 갈게."

"네, 코치님."

구현진이 진료실로 들어갔다. 진료실 안에는 자신의 수술을 담당했던 선생이 앉아 있었다.

"어서 와. 여기 앉고."

"네."

구현진이 자리에 앉자 의사 선생이 모니터로 시선을 돌렸다. 조금 심각한 표정으로 조금 전 찍어놓은 MRI를 살피던 의사의 표정이 순간 밝아졌다.

"역시 괜찮네."

"정말요?"

"그럼! 수술 잘되었다니까. 전혀 이상 없어! 어깨도 팔꿈치도 튼튼하네."

의사 선생의 말을 듣고서야 구현진은 표정을 풀었다.

"다행이다."

"후훗, 그래도 아직은 무리하면 안 되는 거 알지?"

"네, 선생님."

"좋아. 그런 의미에서 나랑 사진 하나 찍자!"

진료하다 말고 갑자기 사진을 찍자는 의사의 말에 구현진이 눈을 동그랗게 떴다.

“저랑요?”

“그래! 사진 찍자고! 너 요즘 유명해졌더라.”

“아…….”

구현진은 얼떨결에 의사 선생과 사진을 찍었다.

“야, 가만히 있지 말고 거기 팔꿈치도 좀 들고 환하게 웃어!”

“아, 네에…….”

구현진은 의사 선생과 사진을 찍고 난 후 진료실을 나왔다. 때마침 고윤성 투수코치가 다가왔다.

“뭐래? 괜찮대?”

“아, 네. 끄떡없대요.”

“그래? 다행이네. 어서 가자. 기차 시간 늦겠다.”

“네.”

구현진이 고윤성 투수코치와 함께 서둘러 병원을 나섰다.

의사 선생은 핸드폰에 찍힌 사진을 보며 히죽 웃었다. 그 모습을 간호사가 보며 말했다.

“선생님, 그렇게 좋아요?”

“좋지. 그럼!”

“솔직히 말씀해 보세요. 나중에 그 사진으로 병원 홍보하려고 그러는 거죠?”

“무슨 소리야? 홍보는 무슨……. 그냥 나중을 위해서 친분이 있다는 것 정도는 괜찮지 않아?"

"에이, 그게 그거잖아요."

"어허, 그거라니! 엄연히 다르지!"

의사 선생은 말을 하면서도 씨익 웃음을 흘렸다.

3.

구현진은 고윤성 투수코치와 함께 KTX에 올라탔다. 자리에 앉은 후 고윤성 투수코치가 시계를 보았다.

"7시쯤이면 도착하겠네. 현진아."

"네."

"피곤하지? 한숨 자!"

"아뇨, 괜찮아요."

구현진은 대답하고는 차창 밖으로 시선을 옮겼다. 오늘 고교야구 역사상 대기록을 세운 선수치고는 너무도 담담해 보였다.

"코치님."

"왜?"

"다음이 진짜 4강이죠?"

"그렇지."

"언제죠?"

"이틀 후지? 아마."

"아……."

구현진이 고개를 끄덕였다. 고윤성 코치는 구현진을 바라보고는 의자를 뒤로 젖혔다.

"한숨 자라니까."

"네에……."

잠시 후 고윤성 투수코치가 잠에 빠져들었다. 희미하게 코고는 소리를 듣고 구현진이 자리에서 일어났다. 고윤성 투수코치가 깨지 않게 조심스럽게 나와 화장실로 향했다.

쏴아아아!

화장실 문을 열고 나오자 구현진이 움찔했다. 바로 앞에 웬 여자가 등을 돌린 채 벽에 기대어 있었다.

'뭐지? 졸고 있는 거야?'

그 여자는 고개를 숙인 채 열차의 반동에 따라 몸과 머리가 움직였다. 구현진은 애써 무시하며 몸을 돌리는데 뭔가 쿵 하는 소리가 들려왔다.

"아얏!"

구현진이 그 소리에 고개를 돌렸다. 여자가 자리에 주저앉아 머리를 매만지고 있었다.

"괜찮아요?"

"아, 네……. 괜찮아요."

그리고 주섬주섬 일어나서는 화장실 문을 두드렸다.

똑똑똑!

그것을 본 구현진이 말했다.

"안에 아무도 없어요."

"아? 네에……."

여자는 화장실 문을 열고 들어갔다.

"화장실을 졸면서 들어가네. 신기한 여자야."

구현진은 피식 웃으며 이상한 여자라고 생각했다. 다시 자리로 돌아왔지만, 고윤성 투수코치는 여전히 단잠에 빠져 있었다. 조심스럽게 자리에 앉은 구현진은 눈을 감았다.

그때 바로 뒷좌석에서 남자 두 명의 대화가 들렸다.

"너 봤어?"

"뭐?"

"건너편 특실에 아유가 탄 거."

"후후, 당연히 봤지. 너무 귀엽더라! 역시 국민 여동생이야!"

"나도, 나도! 그런데 사인 못 받아서 아쉽다."

"야, 사인받을 엄두도 안 나더라. 매니저들이 어찌나 무섭게 생겼던지 다가오면 꼭 한 대 칠 것 같더라."

"맞아! 너무 무섭게 생겼어!"

두 남자의 대화를 듣던 구현진의 시선이 우연히 천장에 달린 TV 화면으로 향했다. 그곳에 한 여자 아이돌이 나와 귀엽고 상큼하게 노래를 부르고 있었다.

자막으로 요즘 한창 대세 스타인 아유라고 나오고 있었다.

"아, 저 여자가 아유구나."

구현진은 전혀 몰랐다. 야구 연습하기도 바쁜데 TV며 인터넷이며 볼 시간이 없었다. 그래서 요즘 어떤 연예인이 인기가 있는지 알지도 못했다.

"그런데 저 여자……. 어디서 본 것 같은데……."

구현진이 고개를 갸웃했지만, 딱히 떠오르지는 않았다.

"내가 알아서 뭐 하게……."

구현진이 곧바로 눈을 감으며 잠을 청했다. 그렇게 약 한 시간 반이 흘렀을 무렵 갑자기 열차가 소란스러워졌다. 두 명의 사내가 복도를 뛰어다니며 누군가를 찾고 있었다.

그리고 곧바로 안내 방송이 흘러나왔다.

-사람을 찾습니다. 아유 승객님께서는 급히 자리로 돌아와 주시기 바랍니다. 다시 한번 알려 드립니다. 사람을 찾습…….

그 방송을 들은 열차 승객들이 웅성거리기 시작했다.

"이거 진짜야? 우리의 아유가 없어졌어?"

"어디로 간 거지?"

"설마 우리 아유에게 무슨 일이 일어난 건 아니지?"

"아닐 거야……."

여전히 뒷좌석에 앉은 두 남성의 주제는 아유였다.

그때 또다시 안내 방송이 흘러나왔다.

-열차는 잠시 후 동대구역, 동대구역에 도착하겠습니다. 내리실 때 잊으신 물건 없는지 잘 확인하시기 바랍니다. 내리실 분은 오른쪽입니다.

구현진이 눈을 떴다. 차창 밖으로 시선이 갔다. 열차는 빠르게 동대구역으로 들어가고 있었다. 잠시 후 열차가 섰다.

차창 밖으로 아유 매니저로 보이는 두 남성이 주위를 두리번거리며 계속해서 누군가를 찾고 있는 것이 보였다.

"아직도 못 찾았나?"

그때였다.

구현진의 기억 속으로 뭔가가 번쩍하고 스쳐 지나갔다.

"가만! 저 TV에 나왔던 여자를 어디서 봤나 했더니……. 화장실!"

구현진이 자리에서 벌떡 일어났다.

"뭐, 뭐야? 현진아, 벌써 도착했어?"

고윤성 투수코치가 화들짝 놀라며 일어났다. 구현진이 곧바로 고윤성 투수코치에게 말했다.

"이제 동대구역이에요. 좀 더 주무세요."

"동대구역? 아직 멀었네."

고윤성 투수코치가 다시 몸을 뒤척이며 잠에 빠져들었다. 그 모습을 확인하고 재빨리 화장실로 뛰어갔다. 화장실은 붉은 글씨로 '잠김'으로 되어 있었다.

똑똑똑!

화장실 문을 두드려 보았다. 하지만 반응은 없었다. 재차 두들기자 그제야 반응을 보였다.

똑똑똑!

그리고 또 잠잠했다.

구현진이 한숨을 내쉬며 강도를 높여 문을 두드렸다. 그러자 안에서 여자 목소리가 들려왔다.

"안에 있어요!"

"안에 있는 거 알아요! 혹시 동대구에서 안 내리세요?"

구현진의 물음에 잠깐의 정적이 흘렀다. 그 순간 안에서 '후다닥' 소리가 들리며 문이 벌컥 하고 열렸다.

"어머나! 어떻게 해!"

놀란 그녀는 서둘러 내리려 했지만, 열차 문이 스르륵 닫히고 있었다.

"저기요! 저 내려요! 잠시만요!"

아유가 다급하게 문을 두드려 보았지만, 야속하게도 문은 완벽하게 닫혔다.

"어떡하지? 어떻게 해?"

열차 문을 바라보며 난처한 얼굴이 된 아유가 고개를 돌려 구현진을 보았다.

그리고 다짜고짜.

"도와주세요."

"네? 제가 어떻게……."

"부탁…… 해요."

열차가 천천히 출발하려고 했다.

아유는 다급한 얼굴로 다시 문을 두드렸다.

"안 되는데……."

"왜 그러시죠?"

그때 마침 지나가던 승무원이 있었다. 구현진은 곧바로 승무원에게 말했다.

"이 손님이 여기에서 내려야 하는데 못 내렸어요."

아유가 승무원을 애처로운 눈빛으로 바라보았다. 승무원이 아유를 보고 환하게 웃었다.

"아유 고객님이시죠?"

"네에……."

"잠시만요."

승무원이 곧바로 무전기를 꺼내 기관장에게 연락을 취했다. 그 순간 움직이기 시작했던 열차가 다시 멈추었다.

치이익!

곧바로 문이 열렸다.

"다음에는 내리는 곳 잊어버리시면 안 됩니다."

"네. 감사합니다."

아유가 인사를 하고 곧바로 뛰어내렸다. 그런데 잠깐 멈칫하더니 이내 몸을 돌려 구현진을 보았다.

"깨워줘서 고마워요."

"아닙니다."

"제 본명은 이주은이에요. 그쪽은요?"

"저요? 구현진입니다."

"아, 구현진……."

그때 다시 문이 닫혔다.

아유가 환한 미소로 손을 흔들어주었다. 구현진은 그 모습이 귀엽기도 하고 신기했다. 그래서 저도 모르게 같이 손을 흔들어주었다.

문이 완전히 닫히고 열차가 다시 출발했다. 아유가 살짝 고개를 숙이며 뭔가를 중얼거렸다.

"구현진. 구현진. 구현진……."

구현진 역시 차창을 통해 매니저들과 만난 아유를 보고 피식 웃었다.

"어쨌든 다행이네."

구현진이 자리로 돌아갔다. 의자에 앉아 고윤성 투수코치가 다시 깨어났다.

"어디 갔다 오냐?"

"아, 화장실에요."

"그래? 으음……."

고윤성 투수코치는 입맛을 다시며 다시 잠에 빠져들었다. 구현진은 차창을 바라보며 또다시 입가에 미소를 지었다.

4.

구현진이 힘겹게 집에 도착했다.

"아버지, 저 왔어요."

"어이, 왔나!"

구현진은 장만호의 목소리에 깜짝 놀랐다.

"야, 네가 왜 여기 있어?"

"내는 안 보이나?

이순정도 환한 얼굴로 구현진에게 말했다.

"순정이까지? 너희가 우리 집엔 왜?"

"내가 불렀다!"

아버지가 거실로 나오며 말했다. 그러자 이순정이 그릇을 들고나오며 코맹맹이 소리로 말했다.

"아버님, 여기에 놓으면 되지예."

"오야, 거기 놔라."

아버지가 이순정에게 살갑게 말을 하고는 현관 앞에 멍하니 서 있는 구현진을 보며 소리쳤다.

"야, 이 문디 자슥아! 거서 뭐 하노. 퍼뜩 들어온나!"

"들어가요."

구현진이 자리를 잡고 앉았다. 그러자 아버지가 한심한 눈빛으로 바라봤다.

"멍충이 같은 녀석!"

아버지는 다짜고짜 욕을 했다.

"또 왜 그러는데요?"

"시끄럽다. 앉아서 밥이나 처무라."

구현진은 괜한 설움이 밀려왔다. 오늘 엄청난 공을 던졌는데 오자마자 욕부터 들어야 한다는 것에 마음이 좋지 않았다.

"칫. 아들 오자마자……. 그것보다 만호는 왜 불렀는데요?"

"오늘 고생했는데 한 턱 쏴야지."

"내가 잘 던졌지 만호가 무슨 고생을 했는데요?"

"문디 자슥아, 야구에 네가 잘하고, 내가 잘하고 그만 게 어디 있노. 다 같이 잘한 거지. 게다가 만호가 네가 던진 공을 못 잡으면 어쩔 뻔했노."

"그럼 포수를 바꿨죠."

구현진도 울컥하며 말했다.

"인마, 지 잘난 맛에 사는 것 봐라. 야구는 그렇게 하는 게 아니야. 투수는 포수한테 고마워할 줄 알아야 해."

"하모요. 아버지 말씀이 정답입니더."

장만호마저 얄밉게 아버지 편을 들었다. 구현진이 장만호를 날카롭게 노려보았다.

"너, 나중에 나 좀 보자!"

하지만 장만호는 그 말을 무시했다.

"우와, 아버지! 무슨 삼계탕을 이리 많이 했습니까?"

"많이는 무슨. 한창 뜯어먹을 나이 아이가? 많이 묵으라, 자!"

"네, 아버지. 아버지도 어서 드세요."

"난 아까 많이 묵었다."

구현진은 두 사람의 대화를 듣고는 어이가 없는 표정을 지었다.

"누가 들으면 만호가 아들인 줄 알겠다."

"그게 뭔 소리고! 쓸데없는 소리 말고 퍼뜩 무라."

"그보다 아버지!"

"와?"

"이거, 옆집 김 여사님 갖다 주려고 많이 만든 거 아니에요?"

"이놈이……. 쓸데없는 소리 하고 있어!"

그러면서 아버지가 낮게 중얼거렸다.

"물론 삼계탕은 김 여사가 해줬지만……."

"아버지 뭐라고 했어요?"

장만호가 닭 다리를 뜯으며 물었다. 그러자 아버지가 고개를 흔들었다.

"아이다, 아이다! 어여 무라!"

"아버지, 그럼 이거 좀 남으니까, 옆집 김 여사님 좀 갖다 줄까요?"

"됐다! 치아라, 마! 우리 먹을 것도 없어 죽겠구먼."

"왜? 우리 이거 다 못 먹는다니까요."

"내가 다 묵을 거야. 내가!"

아버지가 버럭 소리를 질렀다. 구현진는 그런 아버지를 보며 피식 웃었다.

"알았어요. 아버지 많이 드세요."

그러면서 닭 다리를 하나 집었다. 장만호는 이미 닭 한 마리를 해치우고 두 마리째를 먹기 시작했다.

"아버지 맛 쥑이네예. 장사해도 되겠습니다."

"장사? 어데……."

아버지가 어색하게 웃으며 손을 저었다.

'아버지가 한 것이 맛있다고? 그럴 리가…….'

구현진도 고개를 갸웃하며 삼계탕 국물을 수저로 떠먹었다.

'맛있다! 그런데 아버지의 손맛은 아냐. 그렇다면…….'

구현진이 슬쩍 아버지를 보았다. 그때 아버지와 눈이 마주쳤다.

"아버지 혹시……."

"쓰읍! 됐다, 마! 시끄럽다!"

아버지는 곧바로 구현진의 입을 막았다. 그리고 언제 그랬냐는 듯 인자한 미소를 지으며 장만호에게 말했다.

"맛있나?"

"네, 아버지."

"오야, 오야! 마이 묵으라이. 그리고 앞으로 우리 현진이 잘 부탁한데이."

"아버지! 걱정 마이소. 제가 책임지겠습니다."

"오야, 만호 니만 믿는데이."

"네, 아버님!"

아버지의 시선이 손가락을 쭉쭉 빨고 있는 이순정에게 향했다.

"순정아, 맛있나?"

"맛있어요, 아버님!"

"그래, 앞으로 자주 놀러 온나."

"네, 아버님."

그 모습을 보다 못한 구현진이 자리에서 벌떡 일어났다. 아버지가 보며 물었다.

"어데 가노?"

"화장실요!"

구현진이 화장실로 가고 아버지가 다시 이순정을 보았다.

"순정아, 혹시 네 친구 없나?"

"와예?"

"현진이는 혼자잖아!"

"안 그래도 소개시켜 줄라 했는데요. 현진이가 싫다던데요."

"우리 현진이가 숫기가 없어서 그렇다 아이가."

"그럼 아버님은 어떤 스타일을 좋아하시는데요?"

그러자 아버지가 손가락으로 이순정을 가리켰다.

"다른 건 필요 읎고, 딱 순정이 니 정도면 된다."

"저 같은 여자요? 그럼 없는데……."

"귀여우면서 이쁘고 싹싹한 여자면 된다."

"호호. 아버님도 참. 제가 한번 찾아볼게요."

"오야, 순정이 너만 믿는데이."

"네, 아버님."

"어여, 묵으라. 자!"

아버지는 닭 다리 하나를 뜯어 이순정 앞접시에 놓았다.

5.

딱!

경쾌한 타격음이 들리고 부산 제일고 더그아웃에 있던 선수들이 일제히 자리에서 일어났다. 공이 쭉쭉 뻗어가 좌측 담장을 넘어가는 홈런이 되었다.

1루 베이스를 돌던 석정우가 제일고 더그아웃을 향해 양손을 뻗어 검지를 펼쳤다.

"제가 해낸다고 하지 않았습니까. 홈런 친다고 했지요."

-넘어갔습니다! 부산 제일고 3루수 석정우! 오늘도 홈런을 신고합니다. 그것도 역전 투 런 홈런!

-이러면 석정우 선수가 청룡기 고교 야구 대회 홈런 공동 선두에 올라서는군요.

-아, 그렇군요. 8강전에서 맞붙었던 광주북고의 강타자 황용수와 동률을 이루는군요.

-만약 오늘 이긴다면 한 게임 더 남은 부산 제일고가 유리합

니다. 그때 석정우 선수가 홈런을 치면 단독으로 홈런왕이 나오게 됩니다.

-그 누구도 기대하지 않았던 부산 제일고의 기적! 에이스 구현진이 나오지 않았는데도 승리를 쟁취해 나가고 있습니다.

부산 제일고는 청룡기 대회 4강전을 치르고 있었다. 6회 말까지 부산 제일고는 공주고에게 5-4로 끌려가고 있었다. 그런데 7회 초 대반전이 펼쳐졌다.

지난 경기에서 결승 홈런을 친 석정우가 3번 타자로 나와 역전 투 런 홈런을 날린 것이었다.

"야, 새끼야! 이런 복덩이!"

"멋진 새끼! 이리 온나!"

부산 제일고 선수들이 더그아웃으로 들어온 석정우의 머리를 치며 기뻐했다. 구현진도 쫓아와 신나게 머리를 때렸다. 그러자 석정우가 고함을 질렀다.

"선배님들! 그만요! 저 헬멧 벗겨졌습니더."

"어어, 알고 있어."

석정우를 뜨겁게 반겨주고 부산 제일고 더그아웃은 한껏 분위기가 올라간 상태였다.

그리고 7회 초 수비가 되었을 때 구현진은 조마조마했다. 삼진과 아웃을 잡을 때는 손뼉을 치며 좋아했지만, 안타나 볼넷이 나오면 괴로움에 몸부림을 쳤다.

다행히 투수는 후속 타자를 2루수 땅볼로 잡고, 무사히 7회 말을 넘겼다. 8회 초 제일고의 공격도 삼자범퇴로 끝나고 8회 말, 9회 초까지 0의 행진이 이어졌다.

그리고 9회 말 한 점 차 승리를 지키기 위해 마무리 김창식이 글러브를 챙겼다. 그러자 구현진이 김창식을 불렀다.

"창식아!"

"네, 선배님."

"시원한 물 한 잔 마시고 가!"

구현진이 냉장고에서 냉큼 얼음물을 꺼내주었다. 그러자 김창식이 얼음물을 보고 피식 웃었다.

"선배님."

"왜?"

"이 얼음이 녹기 전에 오겠습니다."

김창식이 얼음물을 벤치에 내려놓으며 말했다. 구현진은 그런 김창식의 말을 듣고 어이가 없어 했다.

"뭔 말이야?"

장만호가 장비를 챙겨 나가다가 감탄을 했다.

"까아……. 저 새끼, 입 터는 거 봐라. 쥑이네!"

그리고 그날 김창식은 2사 만루까지 가는 접전을 펼쳤다. 간신히 승리를 챙긴 부산 제일고. 김창식이 호언장담했던 얼음은 경기가 끝나기 전에 이미 사라지고 없었다.

6.

부산 제일고는 몇 년 만에 청룡기 대회 결승전에 진출했다. 후원회 회장은 싱글벙글하며 제일고 선수들을 고깃집으로 데리고 왔다.

"아이고, 감독님예! 오늘 정말 고생 많았습니더. 이게 얼마 만입니까?"

"감사합니다. 그런데 여기 비쌀 텐데요."

김명환 감독은 소고기 집으로 초대한 후원회 회장에게 걱정스럽게 물었다.

"아이고, 걱정 마시소. 오늘은 제가 쏠 테니까요. 맘껏 드셔도 됩니다."

그러자 장만호가 손을 번쩍 하고 들었다.

"저희 정말 시켜도 됩니까?"

"오야, 시켜라! 마음껏 시켜라!"

"이모! 여기 소고기 10인분이요!"

장만호가 도화선이 되었을까?

여기저기 소고기 주문이 곧바로 이어졌다. 제일고 선수들을 흐뭇하게 바라보던 후원회 회장의 표정이 어느 순간 어색하게 바뀌기 시작했다.

제일고 선수들은 고기가 익기 무섭게 입으로 가져갔다. 고기 몇 판이 몇 차례 더 놓였다. 후원회장도 기분 좋게 술 한잔 걸치자 기분이 알딸딸했다. 그때 부회장이 슬그머니 다가왔다.

"회장님."

"왜?"

"중간 정산을 해보았습니다만……."

"중간 정산? 얼만데?"

"270만 원 정도 나왔습니다."

"뭐? 2, 270?"

후원회 회장은 술이 확 깼다.

"어, 언제 그렇게나 먹었지? 지금부터는 돼지고기로 바꿔."

"그, 그게……. 돼지고기는 이미 다 떨어졌다고 합니다."

"무슨 고깃집에 돼지고기가 떨어져?"

"그, 그게 저희 말고 다른 단체 손님도 있었다고 합니다."

"그럼 소고기밖에 안 남았어?"

"네……."

후원회장은 손이 벌벌 떨려왔다. 그렇다고 고기를 못 먹게 할 수도 없었다.

"많이도 먹는군. 그렇다고 못 먹게……."

후원회장의 눈이 번쩍하고 떠졌다. 그리고 곧바로 부회장에게 말을 했다.

"이제부터 고기가 다 떨어졌다고 해."

"네에?"

"소고기가 떨어져서 없다고 하라고!"

"아, 네에……. 알겠습니다."

부회장이 재빨리 움직였다. 그때를 같이해 한 녀석이 손을 들었다.

"여기 고기 추가요!"

그러자 부회장이 재빨리 움직였다.

"그게 말이야. 고기가 다 떨어졌다네."

"네에? 벌써요?"

"그, 그렇다네……."

부회장은 후원회장과 눈빛을 주고받았다. 선수들은 약간 아쉬운 얼굴이 되었다. 그러자 후원회장이 자리에서 일어났다.

"고기가 떨어지다니 아쉽네. 정 배고픈 사람은 냉면 시켜!"

"네에……."

선수들은 풀이 죽었다. 한창 소고기 맛에 푹 빠져 있었는데 고기가 다 떨어졌다고 하니 너무 아쉬웠다.

그때 화장실 갔던 장만호가 들어왔다. 그의 손에는 소고기

한 접시가 들려 있었다.

"어? 만호야! 그거 뭐꼬?"

"뭐긴, 고기지!"

"방금 고기 다 떨어졌다고 하던데?"

"에이, 무슨 소리고. 이모가 아직 한참 남았다고 하던데. 아! 돼지고기는 다 떨어졌다고 카더라."

장만호가 말을 끝내고 유유히 자신의 자리로 돌아와 다시 고기를 구웠다. 그때를 같이해 선수들이 일제히 손을 들어 소리쳤다.

"이모! 여기 고기 추가요!"

고기가 추가될수록 후원회장의 낯빛이 점점 더 어두워졌다.

"하아……. 우승했다가는 집 기둥뿌리 뽑겠네."

7.

구현진이 자리에서 일어나 김명환 감독에게 다가갔다.

"감독님, 제가 한 잔 따라 드리겠습니다."

"어? 현진이가? 그래! 우리 현진이가 따라주는 술 한번 먹어 보자!"

김명환 감독이 빈 술잔을 내밀었다. 그곳에 구현진이 술을 채웠다. 술을 들이켠 김명환 감독이 구현진을 보았다.

"현진이가 따라주니 기분 좋네."

"저기…… 감독님."

"안 된다."

김명환 감독이 고개를 돌려버렸다.

"네에?"

"너, 결승전에서 던지게 해달라고 그러는 거지?"

"저 괜찮습니다."

"안 돼!"

"감독님……. 저 진짜 괜찮아요."

"안 된다니까! 수술하고 회복한 지 얼마나 되었다고. 저번 경기에서도 120개 이상 던졌잖아. 그런데 4일 만에 공을 던지겠다고? 절대 안 돼!"

"끄떡없습니다."

구현진도 물러서지 않았다. 그러자 김명환 감독이 구현진을 바라보며 나직이 말했다.

"현진아, 내 말 들어. 올해만 던질 것이 아니잖아. 프로에도 가야 하고, 아직 공 던질 날이 많은데 굳이 무리해야겠니?"

"하지만 우승해야 하잖아요."

"우승? 네가 던지면 우승할 수 있어? 장담할 수 있는 거냐?

만약 네가 던져서 지면? 그땐 어떻게 할 거니? 네가 모든 책임 질 거야?"

"……."

구현진은 할 말이 없었다.

최선을 다해 던지겠다고는 말할 수 있지만 정작 이기겠다고는 말할 수 없었다.

"모든 재활을 잘 이겨냈다고 해도, 아직 어깨와 팔꿈치는 완벽하게 정상은 아닐 거야. 욕심부리지 마. 오늘만 경기가 있는 건 아니니까."

김명환 감독의 말에 구현진이 아쉬운 얼굴이었지만 수긍을 했다.

"알겠습니다. 하지만 만약을 대비해서 불펜 준비는 하겠습니다. 그 정도는 허락해 주세요."

"그래, 네가 던질 기회가 있으면 던지게 해줄게."

"네."

그때 결승전 선발인 조정훈이 화장실을 갔다가 들어왔다. 김명환 감독이 조정훈을 발견하고 조용히 말했다.

"정훈이 왔다. 네 자리로 가라."

"아, 네."

구현진이 자리에서 일어나 서둘러 자신의 자리로 갔다. 구현진이 자리에 앉자 조정훈이 물었다.

"너 어디 갔다 왔냐?"

"아, 저기 후원회장님이 불러서."

"후원회장님이?"

"자꾸 뽀뽀하려고 해서 피한다고 진땀 뺐다."

"맞나?"

조정훈이 힐끔 후원회장님을 보았다. 싱글벙글거리며 술을 드시는 모습을 보고 고개를 절레절레 흔들었다.

"저 아저씨, 가만히 보면 좀 능글맞다. 그제?"

"뭐, 그렇지!"

구현진도 공감하는 듯 고개를 끄덕였다. 그러자 조정훈이 몸을 부르르 떨었다.

"으으으. 나도 결승전 때 공 잘 던지면 똑같이 하겠제?"

"뭐……. 그렇겠지?"

"난 징그러버서 못한다."

조정훈이 다시 한번 몸서리를 쳤다. 그 모습을 보던 구현진이 음료수 한 잔을 들이켰다.

"정훈아."

"와?"

"결승전 잘 던질 수 있겠나?"

"와? 지면 지난번 수민이처럼 쪼을라고?"

"야! 내가 언제 그랬어?"

구현진이 버럭 소리를 지르자 조정훈이 웃었다.

"새끼, 발끈하기는……."

"뭐, 어찌 되었든! 최선을 다해 던져! 이기든 지든 상관하지 말고 말이야."

"니가 그리 말 안 해도 죽을힘을 다할 거니 걱정하지 마라! 나도 기왕이면 이기고 싶으니까. 열심히 해볼게."

"그래!"

두 사람은 피식 웃으며 음료수 잔을 들어 마주쳤다.

8.

다음 날 아침.

"현진아! 현진아."

구현진은 아버지가 부르는 소리에 거실로 나갔다.

"왜요?"

"니는 방에서 뭐 하노. 이렇게 날씨 좋은데."

"오랜만에 휴식이라 잠 좀 자려고 했죠."

"뭔 소리고! 그라지 말고 이리 좀 와봐라."

아버지는 거실 바닥에 잔뜩 옷을 펼쳐놓았다. 그 옷들을 보고 뭐가 뿌듯한지 어깨를 으쓱했다.

"아버지, 웬 옷이에요?"

"괜찮제? 그렇게 멍하니 있지 말고, 이거 한번 입어봐라."

"네?"

구현진은 아버지가 건네준 옷을 들었다.

"갑자기 옷은 왜어보라고 그래요?"

"거참, 아버지가 시키면 시키는 대로 하지. 뭘 자꾸 물어보노!"

"그래도 왜 이러는지는 알아야죠."

"모처럼 휴일인데 아들놈이 방 안에만 처박혀 있는 꼴이 답답해서 그런다. 밖에 나가서 만호랑 영화라도 보고 온나."

"영화? 에이, 남자끼리 무슨 영화에요. 됐어요."

구현진이 들고 있던 옷을 내려놓았다. 그러자 아버지가 버럭 소리를 질렀다.

"이놈아! 남자끼리 우정도 쌓고 좋잖아. 그리고 어차피 결승전 선발도 아니믄서 뭘 그랴. 쓸데없는 소리 말고 어여 나가!"

"결승전 나가지는 않아도 불펜 대기는 해요."

"만호는 아예 경기에 출전하거든. 그라고 만호도 괜찮다고 했어. 그러니 어여 옷 입고 나가!"

구현진은 아버지의 억지에 어쩔 수 없이 옷을 입고 약속 장소로 나갔다.

"어디 있는 거지?"

영화관에 도착한 구현진이 장만호를 찾기 위해 주위를 두리번거렸다.

그때 저 멀리서 이순정이 손을 흔들며 나타났다.

"현진아, 여기!"

"어, 이순정? 그런데 왜 혼자지?"

구현진이 이순정 주위를 빠르게 확인했다. 항상 붙어 다니는 장만호가 보이지 않았다.

"만호는?"

"왜? 나로는 안 되겠나?"

순간 당황한 구현진은 눈동자가 심하게 흔들렸다.

'이 가스나. 지금 뭐지? 설마……?'

이순정이 실실 웃고 있었다. 그럴수록 구현진은 뭔지 모를 불안감에 휩싸였다.

"무, 무슨 말을 하는데……. 만호 화장실 갔어?"

구현진의 시선이 화장실로 향했다.

"아닌데. 만호 화장실 안 갔어."

"그럼 어디 갔는데?"

"여기 안 왔는데."

"뭐? 안 와?"

구현진은 더욱더 놀란 얼굴이 되었다. 그 모습을 지켜보는 이순정은 싱글벙글 웃고 있었다. 이순정의 웃는 얼굴을 본 구현진은 등골이 오싹해짐을 느꼈다.

"야, 장난치지 말고 만호 나오라고 해."

"장난 아니라니까! 오늘 만호 내일 결승전 때문에 학교에서 연습 중이잖아."

순간 구현진의 얼굴이 굳어졌다.

'장만호! 너 죽었어!'

구현진이 속으로 욕하고 있을 때 이순정이 바짝 다가왔다. 그러자 구현진이 한 발 뒤로 물러났다.

"야, 왜…… 왜 그래?"

"와? 가까이 있으면 안 되나?"

"무, 뭔 소리를 하냐? 아무튼, 알았으니까. 그만 가자!"

"어델 가? 영화 봐야지!"

"영화? 누구랑? 너랑?"

"당연하지! 여기 나 말고 누가 또 있노?"

이순정은 너무도 당당하게 말을 했다. 그런 이순정이 구현진은 점점 무서워졌다.

"마, 말도 안 돼! 만호가 보면 화낸다."

"만호도 아는데! 이거 만호가 준비한 거잖아!"

"이, 미친 새끼가!"

구현진은 순간 욱하며 욕이 튀어나왔다. 그런 구현진의 모습에 이순정은 웃음이 나왔다.

"호호호! 야, 너 재미있다!"

"재미있냐? 난 하나도 재미없거든!"

"야, 그러지 말고……."

그때 어떤 한 여자가 이순정을 불렀다.

"순정아!"

그 소리에 이순정이 고개를 돌렸다.

"어, 가스나 빨리 왔네. 좀 늦게 오지. 장난치고 있었는데."

"장난? 뭔 장난?"

구현진이 깜짝 놀라며 이순정에게 물었다. 그러자 이순정이 킥킥 웃으며 말했다.

"니 아버님한테 얘기 못 들었나?"

"뭔 얘기?"

그러자 이순정이 환하게 웃으며 대뜸 방금 온 여자의 등을 밀었다.

"자! 이름은 박정임! 오늘부터 니 여자 친구다!"

"엥? 뭐, 뭐라고? 너 지금 뭔 소리야?"

구현진은 자기가 잘못 들은 것으로 생각했다. 하지만 이순정은 별로 놀라지도 않았다.

"니 여자 친구라고!"

박정임은 이순정의 소개에 수줍은 듯 고개를 살짝 숙였다. 그리고 이순정 옆에 바짝 붙었다. 구현진은 지금 벌어지는 상황이 전혀 이해가 되지 않았다.

"야, 이순정 나 좀 보자!"

구현진이 이순정의 팔을 잡고 구석진 곳으로 갔다. 그러자 이순정이 구현진이 잡고 있던 팔을 뿌리쳤다.

"야가 와 이카노?"

"다시 한번 확실하게 말해봐. 지금 이 상황이 어떤 상황이야?"

"아니, 아버님이 너에게 여자 친구 소개해 주라고 해서 말이야."

"내 의사는 전혀 묻지 않고?"

"필요 없다고 하시던데?"

"하아, 아버지 진짜……."

구현진은 깊은 한숨과 함께 고개가 절로 숙어졌다.

"봐라, 현진아. 나랑 비슷하게 생겼제? 얼마나 예쁘노."

구현진도 그것은 인정했다. 딱 봐도 리틀 이순정이었다.

"아버님이 덜도 말고 딱 나같이 예쁘고 참한 여자라면 된다고 했다 아이가. 니도 알다시피 친구 중에 나 같은 애가 어디 흔하나. 그런데 내가 딱 찾았다 아이가. 대단하제?"

'그래, 그래! 대단하다. 아주 뿌듯하시겠어요.'

구현진은 이순정을 바라보며 인상을 찌푸렸다.

"그런데 있잖아, 순정아. 아무리 아버지가 그랬다고 해도 나한테는 얘기를 해줘야지. 이러는 법이 어디 있어?"

"참고로 아버지는 '오케이' 했다."

"뭐?"

"너 만나기 전에 아버님이랑 영상통화 했거든! 바로 오케이라시던데. 니만 좋으면 돼!"

"하아, 내가 미쳐!"

순간 구현진은 머리가 아파왔다.

"아무튼, 오늘 내 친구 니가 책임지라. 알았제?"

이순정은 자기 할 말만 하고는 박정임에게 갔다. 그리고 몇 마디 주고받고는 손을 흔들며 사라졌다. 구현진이 이순정을 애타게 불렀지만, 전혀 듣지 않았다.

그리고 구현진과 박정임 두 사람의 어색한 데이트가 시작되었다.

9.

구현진과 박정임은 우선 어색한 인사를 나누었다.

"아, 안녕."

"그, 그래. 아, 안녕."

인사를 나누고 잠시 침묵이 흘렀다. 그러다가 구현진이 주위를 두리번거리며 말했다.

"일단 영화관에 왔으니까, 영화 볼까?"

"그래."

"뭐 보고 싶어?"

"아, 아무거나. 난 상관없어."

구현진은 이런 것이 제일 당혹스러웠다. 일명 '결정 장애'라고 불리는 아주 몹쓸 병(?)이 있는 구현진이기에 어떤 영화를 골라야 할지 몰랐다.

특히 음식점 같은 곳에 가도 메뉴가 많으면 쉽게 고르지 못했다. 그래서 메뉴가 정해져 있거나, 혹은 한 가지 메뉴가 있는 곳이 훨씬 편했다. 아니면 뷔페를 선호했다.

어쨌든 가장 무난한 영화를 골랐다. 팝콘과 음료수를 사 들고 영화관으로 들어갔다.

'젠장, 무진장 떨리네. 왜 떨리지?'

구현진이 힐끔 옆에 앉은 박정임을 보았다. 제법 귀엽게 생긴 여자 아이였다.

'귀엽긴 하네.'

그리고 곧바로 영화가 시작되었다. 구현진은 영화가 눈으로 들어오는지 귀로 들어오는지 몰랐다. 과거로 돌아와 여자와 단둘이 영화를 보는 건 처음이었다.

연애를 안 해본 것도 아닌데 심장이 가슴을 뚫고 튀어나올 것만 같았다.

그렇게 힘든(?) 영화 관람을 마치고 밥 먹을 곳을 찾았다. 예전 같았다면 멋진 레스토랑에 가서 스테이크를 썰어 먹었겠지만, 결론은 분식집이었다.

떡볶이랑 김밥, 간단한 튀김류를 시키고 먹었다. 그러면서 서로 마주 보며 이야기를 나눴다. 물론 구현진이 얘기를 하고 박정임이 들어주는 식이었다.

구현진이 할 얘기는 당연히 야구였다. 다행히 박정임은 야구에 대해서 전혀 몰랐다. 그래서 부담 없이 편안하게 얘기할 수 있었다.

“나만 얘기해서 재미없지?”

“아니. 재미있어. 난 야구에 대해서 전혀 몰랐거든. 근데 듣고 보니 재밌을 것 같은데?”

“아, 그래? 그럼 나중에 나 선발일 때 구경 와!”

“그, 그래도 돼?”

“당연하지! 순정이랑 같이 와!”

“아, 알았어.”

박정임은 고개를 살짝 숙이고는 나직이 중얼거렸다.

“다행이다.”

“응? 뭐라고 했어?”

“아, 아니야. 튀김 맛있다.”

박정임은 곧바로 화제를 다른 곳으로 돌렸다. 구현진은 고개를 한 번 갸웃했지만 이내 튀김 하나를 집어서 먹었다. 잠시 말없이 분식을 먹고 있자니 마주 앉은 박정임의 얼굴을 자세히 볼 수 있었다.

박정임은 이순정보다 조금 더 귀엽고, 조금 더 예뻤다. 무엇보다 방금 전에 만났을 뿐인데 이야기도 잘 들어주었다. 하지만 구현진은 어디선가 들었던 말을 떠올렸다.

〈여자의 겉모습에 절대 속지 말라!〉

그러나 속지 말라고 해도 구현진이 본 박정임은 너무 순수해 보였다.

"이제 갈까?"

"그래."

집에 데려다준다는 말에 박정임은 순순히 고개를 끄덕였다. 그리고 두 사람은 버스와 지하철을 타고 박정임의 집으로 향했다.

박정임이 사는 곳은 지하철역에서 10분 거리였다. 걸어가는 골목길에서 두 사람은 한마디도 대화를 나누지 않았다.

박정임은 조신하게 구현진 옆을 따라 걸었다. 구현진은 그런 박정임을 보며 수줍게 미소 지었다.

'재가 날 좋아하나?'

물론 착각일 수도 있지만 만나는 내내 박정임은 저렇게 산

뜻한 미소를 보내주고 있었다. 그렇게 말없이 한참을 걷다가 박정임이 구현진의 팔소매를 붙잡았다.

"저……."

"어?"

"여기야. 우리 집……."

"아……."

구현진이 멈추며 박정임의 집을 보았다. 단독주택에 파란색 대문 집이었다. 흔히 보이는 중산층의 집이었다.

"여기구나……."

"……."

박정임은 말없이 가만히 서 있었다. 그러자 구현진이 먼저 입을 열었다.

"그럼……. 오늘 즐거웠어."

"나, 나도……."

두 사람은 인사를 나눴다. 그런데 인사를 나눴는데도 박정임은 집에 들어가지 않고 쭈뼛거렸다.

"안 들어가?"

구현진이 물어보자 박정임이 깜짝 놀랐다.

"드, 들어가야지."

"어서 들어가."

"그럴 거야. 그런데 있잖아."

"말해."

"우리 오늘부터 1일…… 인 거지?"

"뭐? 아! 그, 그래……."

구현진은 순간 당황했지만, 이내 고개를 끄덕였다. 왠지 아니라고 하면 박정임이 크게 상처를 입을 것 같았다.

"오늘부터 1일이구나."

박정임이 되뇌며 중얼거렸다. 그리고 환한 얼굴이 되며 손을 흔들었다.

"알았어. 연락할게."

"그래, 알았어."

박정임이 집으로 들어갔다.

구현진은 멍한 상태로 그 자리에 서 있었다. 그러다가 머리를 빠르게 흔들었다.

"에이 씨, 나도 모르겠다!"

구현진은 머리를 긁적이며 왔던 길을 되돌아갔다.

10.

"저 왔어요."

구현진이 현관문에 들어서며 말했다. 거실에서 TV를 보며 아들이 오기만을 오매불망 기다리고 있던 아버지가 벌떡 일어나며 물었다.

"왔나? 어찌 됐노?"

"뭐가 어찌 돼요?"

"잘 만나고 왔냐고."

"아, 몰라요……."

구현진이 신발을 벗고 곧바로 부엌으로 갔다. 냉장고에서 시원한 물을 꺼내 마셨다.

그 옆으로 아버지가 피식 웃으며 다가왔다.

"아버지는 아무 상관 없다. 뭐, 일찍 결혼해도 좋고!"

"아버지나 옆집 아줌마랑 결혼해요! 난 됐어요!"

"택도 없는 소리 하지 말고! 니가 장가를 가야 내가 결혼하지."

그 말을 들은 구현진의 눈빛이 사뭇 달라졌다. 가늘게 뜬 눈으로 아버지를 바라봤다.

"무, 뭐꼬! 와 그렇게 눈을 확 찢어서 처다보노!"

"아, 그러려고 날 보내셨구먼. 옆집 아줌마랑 결혼하려고! 나 장가 안 가!"

"뭐, 뭐, 뭐라카노? 이런 불효막심한 놈 같으니라고. 에잇! 못난 놈!"

아버지는 할 말이 없는지 괜히 투덜거리며 다시 거실로 나갔다.

그때 아버지 핸드폰으로 깨톡이 왔다. 아버지는 핸드폰을 들어 확인했다.

-아버님! 현진이 잘 들어왔어요?

-그래, 아가. 지금 들어왔다.

-뭐래요?

-몰라, 아무 말도 안 한다.

-그래요? 정임이는 좋다고 하던데…….

-맞나? 그럼 됐다.

아버지는 뭐가 그리도 좋은지 핸드폰을 바라보며 실실 웃고 있었다.

그 모습을 뒤에서 지켜보는 구현진은 작게 한숨을 내쉬고는 자기 방으로 들어갔다.

II.

다시 하루가 지났다.

그리고 결승전의 날이 밝았다.

-아, 오늘 구현진 선수가 나오는 줄 알았는데 안 나왔네요.

-그러게요. 좀 의외네요. 정말 오늘 선발 명단에 구현진 선수가 빠져 있네요. 오늘 선발이…… 조정훈 선수로 되어 있습니다.

-혹시 8강전 때 무리했던 걸까요?

-그것도 그렇지만 부산 제일고 김명환 감독이 수술 경력이 있는 구현진 선수를 아끼는 것일 수도 있죠.

-아, 그렇군요. 하지만 많은 팬분은 내심 구현진 선수가 나오길 바랐을 텐데요.

-불펜 대기조에 이름이 올라와 있으니까, 경기 후반에 볼 수 있기를 기대해 봐야겠죠?

-네, 그러길 빌겠습니다.

상대 팀 감독도 구현진이 선발로 나올 것이라 예상했다. 그런데 선발이 조정훈으로 되어 있자 조금 당황했다.

"저 감독 똥배짱이군. 아니면 우릴 너무 만만하게 봤나?"

하지만 다른 한편으로는 구현진이 나오지 않아 결승전을 쉽게 이길 것으로 생각했다.

그러나 조정훈 역시 이번 경기에서 전력을 다하며 3회 말 2아웃까지 무실점 호투를 펼쳤다.

-아, 조정훈 선수. 이번 대회 들어와서 최고의 투구를 펼치고 있습니다.

-맞습니다. 구현진 선수를 대신해 충분히 선발로 나올 만한 투수입니다.

-김명환 감독의 용병술이 뛰어나군요. 우리 팀에는 구현진 선수 말고도 뛰어난 투수가 있다는 것을 보여주는 것 같습니다.

-하핫! 그렇군요.

그러나 조정훈에게도 위기가 찾아왔다.

3회 말 2아웃까지 잘 잡아놓고 마지막 타자를 잡으려고 스플리터로 땅볼을 유도했다. 그런데 3루수 석정우가 실책을 범하며 주자를 1루에 보냈다.

"죄송합니다, 선배님!"

석정우는 언제나 그랬듯 곧바로 사과했다.

조정훈 역시 괜찮다며 신호를 보냈지만, 마음에 약간의 동요가 남았던 모양이다. 그다음 타자를 스트레이트 볼넷으로 출루를 시켰다.

투아웃에 주자 1, 2루가 되었다. 그리고 다음 타자에게 2구째에 스플리터를 던졌다가 우익수 방면 안타를 맞았다.

원래 스플리터가 홈 플레이트 앞에서 갑자기 툭 떨어져야 하는데 제대로 떨어지지 않았다. 타자가 그것을 놓치지 않고 안타를 만든 것이었다.

결국, 조정훈은 첫 번째 실점을 했고, 다시 2사에 1, 3루가 되었다.

추가 실점 위기를 맞이한 조정훈은 첫 실점의 영향 탓인지 크게 흔들렸다. 갑자기 멍한 상태가 된 모양이었다. 장만호가 사인을 보내고 미트를 들었다.

그런데…….

"어? 쟈가 왜 저러노?"

장만호가 눈을 크게 뜨며 중얼거렸다. 지금 조정훈이 말도 되지 않는 투구를 하고 있기 때문이었다. 주자가 있는데 와인드업을 시도하고 있었다.

주자가 있을 때는 도루를 경계하기 위해 셋 포지션으로 던지는 것이 일반적이었다. 물론 만루 상황일 때는 셋 포지션을 할 필요가 없었다.

그런데 지금은 만루 상황이 아니었다. 2루가 빈 상태인데 와인드업으로 던지려고 했다. 1루 주자가 도루를 시도하는 건 당연했다.

장만호가 공을 잡고 2루에 던지려고 했지만, 이미 늦은 상태였다. 이로써 2아웃에 주자가 2, 3루에 위치했다.

팡팡!

"조정훈! 정신 차리라!"

"어, 미안……."

조정훈이 손을 들어 사과한 후 마운드를 내려갔다. 로진백을 손으로 툭툭 건드렸다.

'나 왜 이러지? 정신 차리자! 할 수 있다!'

다시 마운드에 올랐다. 투구판을 밟고 크게 호흡을 골랐다.

"후우."

그 모습을 3루수 석정우가 지켜보고 있었다.

'나 때문에 선배님이 흔들리고 있네. 이럴 때 멋지게 한 건 해야 하는데…….'

석정우는 미안한 마음에 뭔가 보답하고 싶었다. 그런데 그 기회가 빨리 찾아왔다.

딱!

타자가 친 공이 3루수 방향 직선으로 날아왔다. 석정우의 눈이 반짝이며 공을 향해 힘껏 점프를 시도했다. 날아오는 공을 공중에서 멋지게 캐치하겠다는 일념으로 말이다.

그러나 애석하게도 공은 석정우의 글러브 위를 살짝 벗어나는 안타가 되었다. 결국, 2, 3루 주자가 모두 들어오며 3실점을 하였다. 그러자 곧바로 투수코치가 올라갔다.

"괜찮나?"

"죄송합니다. 제가……."

"괜찮다. 초반 3실점이면 충분히 쫓아간다. 그러니 이번 한 타자만 빨리 잡자!"

"네, 알겠습니다."

"그래."

투수코치가 조정훈의 등을 가볍게 두드리며 내려갔다. 장만호가 조정훈에게 말했다.

"한 타자만 잡으면 된다. 아까처럼 와인드업 하지 말고."

"미안. 내가 잠시 정신을 놓았는갑다."

"이해한다. 결승전 아이가. 압박이 심하겠제! 그래도 정신 차리고, 알았제?"

"오야, 알았다."

장만호가 내려가고 조정훈이 마음의 안정을 찾았을까? 곧바로 다음 타자를 4구 만에 2루수 플라이 아웃으로 잡아내며 길었던 3회 말을 끝냈다.

힘없이 들어온 조정훈에게 구현진이 다가갔다.

"잘했어! 잘한 거야! 기죽지 마!"

구현진의 위로에 조정훈이 애써 미소를 지었지만, 마음의 동요는 쉽게 사라지지 않았다. 구현진이 곧바로 석정우에게 갔다.

"야! 석정우! 단 한 번이라도 실책을 하지 않으면 손에 가시라도 돋냐?"

"죄, 죄송합니다."

"너, 만회 방법은 알지?"

"아, 알고 있습니다."

"그래! 넌 홈런만 치면 돼! 오늘도 홈런! 꼭이다!"

"네, 선배님!"

석정우가 힘차게 대답했다.

그런 석정우의 모습을 본 구현진이 미소를 지었다. 솔직히 석정우의 저런 성격이 무척이나 좋았다. 실책을 범했어도 마음속에 담아 두지 않았다. 깨끗이 잊어버리는 성격이었다.

"가만. 그래서 실책을 계속 저지르나? 계속 잊어버려서?"

구현진이 석정우를 보며 고개를 갸웃했다.

11장
드래프트

I.

부산 제일고의 4회 초 공격은 1번 타자부터 시작되었다. 그러나 1번 타자와 2번 타자가 8개의 공으로 물러나고 3번 석정우가 타석에 들어섰다.

석정우는 이번에 타석에 임하는 각오가 남달랐다. 저번 회에 자신의 실책으로 인해 점수를 내줬다. 이번에 홈런으로 꼭 만회하고 싶었다.

"꼭 친다!"

하지만 상대 팀 배터리는 석정우의 홈런 실력을 알고 있었다.

그래서 몸 쪽 정면 승부보다는 바깥쪽 승부를 했다. 석정우는 홈런은 치고 싶고, 자꾸 바깥쪽으로 공이 가니 저도 모르게 조금씩 몸이 앞으로 쏠렸다.

그렇다 보니 석정우는 타석을 벗어나 홈 플레이트 쪽으로 조금 치우쳤다.

그때 주심이 경기를 잠시 멈추었다.

"이봐, 왜 자꾸 홈 플레이트 쪽으로 넘어오려고 그래?"

"제가요?"

석정우가 깜짝 놀라며 자신의 발 위치를 확인했다. 그러고는 곧바로 주심을 보고 사과했다.

"아, 죄송합니다."

주심의 경고를 받은 석정우가 타석을 벗어났다. 그 모습을 본 구현진이 소리쳤다.

"정신 차려!"

"네, 네!"

석정우가 다시 타석에 들어섰다.

'침착하자, 침착해!'

석정우는 스스로 주문을 외웠다.

상대 배터리가 사인을 주고받았다. 그리고 포수가 살짝 석정우 몸 쪽으로 앉았다. 투수는 포수의 미트를 보고 힘껏 공을 던졌다. 공은 석정우의 몸 쪽을 향해 날아왔다.

여태 바깥쪽을 공략했던 상대 배터리의 노림수였다. 이번에는 몸 쪽을 노려 타자의 허를 찌르고자 했다. 그런데 그만 공이 한가운데로 몰리고 말았다.

석정우의 눈빛이 반짝였다.

'왔다!'

석정우가 방망이를 힘껏 돌렸다.

딱!

경쾌한 타격음이 들렸다.

석정우가 팔로우를 끝까지 가져가며 공에 잔뜩 힘을 실었다. 힘을 받은 공은 좌익수 방향으로 날아갔다. 그런데 발사 각도가 조금 낮은 것인지 공이 라이너성으로 뻗어 나갔다.

좌익수 역시 공의 낙하지점을 확인하고 냅다 뛰었다. 1루로 뛰어가던 석정우도 설마 하는 마음에 전력 질주를 했다. 홈런은 안 되더라도 2루타는 만들어야 했다.

좌익수가 펜스에 등을 댔다. 그리고 떨어지는 공을 향해 힘껏 점프하며 글러브를 가져갔다.

텅!

공이 글러브 위를 살짝 스치며 펜스를 맞고 뒤로 넘어갔다. 그것을 확인한 심판이 한쪽 팔을 올려 빙글빙글 돌렸다.

홈런이었다.

"우오오오오!"

2루를 막 돌던 석정우는 홈런이 되자 두 팔을 들며 포효했다. 부산 제일고 더그아웃 역시 난리가 났다.

"야, 새끼야! 네가 해낼 줄 알았다!"

"그래, 역시 넌 홈런 타자야!"

"아무튼, 저 새끼는 사람을 들었다, 놨다 한다니까!"

석정우가 금의환향했다. 더그아웃으로 돌아오며 뜨거운 환영을 받았다. 상대 팀 코치는 마운드에 올라 홈런을 맞은 투수를 다독였다. 그리고 4번 타자 한동희가 타석에 들어섰다.

초구에 몸 쪽 공이 날아왔다. 한동희 역시 기다렸다는 듯이 힘껏 잡아 돌렸다. 이번에는 우익수 방면으로 날아가는 대형 홈런이 나왔다. 한동희는 방망이를 던지며 천천히 베이스를 돌았다.

3, 4번 백투백 홈런이 터지며 부산 제일고는 순식간에 3 대 2로 따라붙었다. 그러자 부산 제일고의 더그아웃 분위기가 순식간에 확 올라왔다.

석정우와 한동희의 백투백 홈런으로 곧바로 2점을 쫓아가자 역전할 수 있다는 희망이 생겼다.

조정훈 역시 힘을 내며 6회까지 역투를 펼쳤다. 그런데 5회 초부터 조금씩 내리던 비가 6회 말이 끝나자마자 엄청나게 쏟아졌다.

심판은 곧바로 경기를 정지시켰다. 양 팀 선수 모두 더그아웃에서 대기했다.

"갑자기 비냐?"

"오늘 일기예보에서 비가 온다고는 했지만……."

구현진이 잔뜩 걱정스러운 얼굴로 하늘을 올려다보았다. 검은 구름이 짙게 내려앉아 있었다. 쏟아지는 빗줄기도 시간이 지남에 따라 더욱더 굵어졌다.

"얼마나 지났냐?"

"한 30분 정도?"

"야, 이러다 강우 콜드게임으로 지는 거 아냐?"

장만호가 걱정이 가득한 얼굴로 말했다.

"아니야. 우리가 바짝 쫓아가고 있는 상황인데……. 안 되지."

구현진도 불안한 것은 마찬가지였다. 하지만 장대처럼 내리는 빗줄기는 좀처럼 약해질 기미가 보이지 않았다.

김명환 감독은 가만히 앉은 채 팔짱을 끼고 있었다. 표정 변화는 없었지만 한창 기세를 올려 쫓아가고 있을 때 쏟아지는 비는 달갑지 않았다.

그렇게 다시 한 시간이 흘러갔다.

-아, 비가 계속 내리네요. 멈출 기미가 보이지 않아요. 한창 기세를 올리던 부산 제일고에게는 반갑지 않은 비예요.

-계속 이렇게 비가 온다면 강우 콜드게임으로 끝날 가능성이 커요.

-만약 그렇게 된다면 부산 제일고에게는 엄청 불행한 일이겠네요. 백투백 홈런으로 상승세를 타고 있었는데 말이죠.

-그렇죠. 부산 제일고 선수들은 제발 비가 그치길 빌어야 할 것입니다.

쏴아아아!

비는 더욱더 거세게 쏟아졌다. 마치 하늘에 구멍이라도 뚫린 것 같았다.

"와, 미쳤다. 무슨 비가 이리도 쏟아지노."

장만호가 도저히 그칠 줄 모르는 비를 보며 한 소리 했다. 가만히 침묵을 지키고 있던 구현진이 글러브를 챙겨 벌떡 일어났다.

"야, 동만아. 내 공 좀 받아줘."

"네?"

"공 좀 받아달라고."

"아, 네에……."

그러자 장만호가 구현진의 팔을 붙잡았다.

"야, 뭐 하는 기고?"

"몸 풀라고 그러지."

"니가 왜 몸을 푸노?"

"아무래도 심판진들의 표정이 좋지 않아. 우린 경기를 계속

하고 싶다는 그런 의지를 보여줘야 할 것 같아."

"그러니까 그게 뭔 소리고?"

"아무튼, 난 몸 좀 풀고 있을게."

"야, 비가 이리 오는데, 그냥 있어라."

"상관없어!"

장만호의 만류에도 구현진은 불펜으로 향했다. 불펜도 이미 비에 젖어 질퍽했다. 쏟아지는 비를 맞으며 구현진이 나직이 중얼거렸다.

"제발 좀 그쳐라! 응? 제발 좀!"

구현진이 간절히 바랐지만 야속하게도 비는 그칠 줄 몰랐다. 관중석에서 응원하던 이순정도 두 손을 모았다.

"하나님, 제발 비 좀 멈춰주세요. 제발 부탁드려요."

부산 제일고 선수와 가족들 모두 간절히 빌었지만 끝내 비는 멈춰지지 않았다.

결국, 1시간 40분 후 심판진들과 수뇌부가 급히 모였다. 약 10여 분의 회의 끝에 강우 콜드게임으로 결론이 났다. 심판진들이 각 팀의 더그아웃으로 와서 통보했다.

"강우 콜드게임으로 경기 끝났습니다."

-아, 이렇게 경기가 끝이 나네요.

-부산 제일고의 분위기가 올라갔는데 비가 그 분위기를 팍

식혀 버렸어요.

-물론 어떻게 될지 모르는 것이 야구이지만 현재 부산 제일고에게는 불행이네요.

-정말 안타깝습니다.

경기가 끝이 나자 양 팀 선수 모두 눈물을 흘렸다. 이긴 팀은 기뻐서 울고, 진 팀은 슬퍼서 울었다.

"괜찮아! 괜찮아."

"울지 마라. 잘했다!"

구현진과 코치들이 다독였다.

그때 이긴 팀 감독이 먼저 더그아웃으로 찾아왔다.

"잘 싸웠습니다. 좋은 경기 감사합니다."

"오히려 저희가 감사합니다."

양 팀 감독이 악수했다. 그로부터 약 한 시간 후 거짓말처럼 비가 그치고 햇볕이 들었다.

"와, 장난 아니다. 지금 뭐 하는 기고?"

장만호가 그라운드로 나와 하늘을 올려다보았다.

"지금 장난합니까? 네?"

부산 제일고 다른 선수들도 황당하기는 마찬가지였다.

곧바로 시상식이 거행되었다. 부산 제일고는 청룡기에서 준우승을 차지하며 아쉬움을 달래야 했다. 항상 8강전에서 고배를 마셨던 부산 제일고로서는 최근 몇 년 동안 올린 성적 중 최고였다.

게다가 이번에는 세 개의 개인상까지 가져갔다. 홈런상과 특별상 그리고 구현진의 세 대회 연속 우수 투수상이었다.

홈런상은 이번 대회 최대의 이변이라고 할 만했다. 홈런상은 언제나 광주북고 황용수가 차지했었다. 청룡기에서도 부산 제일고를 만날 때까지 5개의 홈런을 때려냈었다.

이번 대회 홈런상도 황용수가 받을 거라 누구도 믿어 의심치 않았다. 그런데 광주북고가 8강에서 탈락하며 생각지도 못했던 석정우가 6개의 홈런으로 최다 홈런상을 받게 되었다. 석정우도 처음으로 받아보는 홈런상에 어리둥절했다.

마지막으로 특별상은 장만호에게 돌아갔다. 지난 8강전 때 뛰어난 리드로 구현진의 최다 탈삼진과 퍼펙트 경기를 이끈 점. 그리고 무엇보다 끝까지 포수의 자리를 지킨 데 주어지는 상이었다. 그 옆에서 구현진도 함께 상을 받았다.

그날 저녁 뉴스에서는 청룡기 대회 최고의 배터리 탄생을 알렸다. 비록 강우 콜드게임으로 준우승에 그쳤지만 그들의 노력과 땀은 잊히지 않았다. 대부분의 언론에서 비슷한 기사를 보도했다.

청룡기 우승 팀을 부각시키는 것이 아니라, 준우승 팀인 부산 제일고에 대한 기사가 더 많이 쏟아졌다. 특히 구현진과 장만호의 배터리는 이번 대회 통틀어 최고의 배터리로 이름을 날렸다.

그리고 이번 대회를 계기로 부산 제일고는 다른 학교들의 집중적인 견제를 받게 되었다.

2.

자이언츠 구단의 대회의실.

한쪽 벽면에 큰 칠판이 있다. 칠판 위에는 이번에 드래프트에 참여할 각 고등학교의 선수 이름이 수두룩하게 적혀 있었다.

자이언츠 프런트 임원들이 한자리에 모여 회의를 했다. 그중 스카우터 팀장이 먼저 입을 열었다.

"다음으로 소개할 선수는 부산 제일고의 구현진입니다. 최대 구속은 156㎞/h에 체인지업, 슬라이더, 커브를 구사합니다. 최근 3개 대회에서 우수 투수상을 수상했고, 그의 최대 강점은 부드러운 투구 동작에서 뿜어져 나오는 파워 피칭입니다. 게다가 체인지업도 최정상급에 속합니다. 프로에서도 충분히 통할 실력으로 평가됩니다. 현 고등학교 졸업 예정자 투수 중에서 TOP 5에 드는 유망주입니다."

가만히 듣고 있던 단장이 물었다.

"최우수 투수상은 못 받았어?"

"그게…… 팀이 아직 우승하지 못했습니다. 하지만 한 경기 최다 탈삼진 기록을 가지고 있습니다."

"뭐, 삼진 능력은 좋네."

"그런데 이 학교는 원래 투수를 혹사시키지 않는 것으로 유명합니다. 무조건 선발 3명을 로테이션으로 돌리고 있습니다. 물론 에이스로서 팀 공헌도는 다소 떨어지지만 매 대회마다 우수 투수상은 꼬박꼬박 받았습니다."

서류를 검토하던 단장이 살짝 고개를 가로저었다.

"으음, 그래도 구현진은 좀 아니지 않나?"

"하지만 요새 가장 핫한 선수인데요."

"아무리 그래도 그렇지. 수술 이력도 있고 그냥 요새 반짝하는 것일 수도 있잖아?"

프로구단은 선수의 일관성과 꾸준함을 중요하게 생각한다. 그래서 단발적인 활약이나 부진은 선수를 평가하는 데 큰 영향을 미치지 않았다.

구현진이 그런 유형이었다. 최근 몇 대회에서만 잘한 것이 문제였다. 1학년 때 잠깐 출전했을 뿐, 2학년 때는 공식 기록이 전무하다는 점이 감점 요인이었다. 3학년, 1년만을 두고 평가하기에는 데이터가 조금 부족해 보였다.

"얘 좌완이지?"

"네."

"흐음……."

단장이 낮은 신음을 흘리며 서류를 검토했다. 물론 수술 후 구속이 올라갔다는 것은 긍정적인 요인이지만 지난 3년간 꾸준한 성적을 낸 선수와는 비교할 수가 없었다.

"얘를 꼭 잡아야 되겠어?"

단장의 물음에 임원들은 쉽게 '그렇다'라고 답을 주지 못했다. 단장은 잠깐 서류를 검토하더니 말을 이었다.

"그럼 이 선수는 어때? 부경 대학교의 이경수! 이 선수와 비교하면 어떨 것 같아?"

"솔직히 말씀을 드리면 부경대 이경수는 즉시 전력감입니다. 4년 전에 드래프트 나왔을 때도 우리가 1차 지명을 할지 말지 고민했던 친구입니다. 그 후 대학교에 가서도 꾸준히 성적을 내며 잘하고 있습니다. 공도 제법 좋고요. 그에 비해 구현진 선수는 아직 나이가 어리고, 미래를 기대해야 할 선수입니다. 둘을 비교하면 솔직히 잘 모르겠습니다."

다른 임원들도 의견을 내놓았다. 그들도 대부분 이경수를 즉시 전력감으로 생각하고 있었다. 구현진에 대해서는 팀의 미래를 이끌 만한 재목, 탈삼진 능력이 훌륭한 좌완 정도로 평가했다.

이런저런 의견이 오가고 있을 때 스카우터 팀장이 말했다.

"어떻게 하시겠습니까?"

그러자 단장이 코치진들을 보았다.

"지금 현재 우리가 투수 키울 여력이 돼?"

"그게…… 현재로서는 즉시 전력감이 좋습니다. 솔직히 말씀드려서 올해 성적이 무너진 것은 선발진의 문제가 큽니다. 그나마 박세운이 버텨줬지만, 내년을 생각하면 투수를 키울 여력은 없습니다."

"투수 키울 여력이 없다……. 그럼 답은 정해졌네. 우선 지명은 부경대 이경수로 하고, 구현진은 전체 드래프트로 미뤄! 운이 좋으면 뽑을 수 있겠지."

"예, 알겠습니다. 그래도 미리 작업은 해두는 것이 좋지 않을까요?"

자이언츠의 올해 드래프트 순위는 5위였다. 그때까지 구현진이 있다면 뽑을 생각이었다.

"전체 드래프트로 가면 구현진을 뽑을 가능성은 있어?"

"가능성은 있습니다. 우선 위즈는 군상고에 눈여겨 둔 투수가 있습니다. 아마 가남길과 우용수를 놓고 저울질하지 않을까 싶습니다. 위즈가 만약 가남길을 뽑는 데 성공한다면 지명 1순위인 위즈로서는 시장에 나온 우용수를 뽑을 겁니다."

"그럼 이글스는?"

"이글스는 원래 하위 조로 들어가기 때문에 자기 팜에서 뽑길 원하고 있습니다. 무조건 이쪽으로 욕심을 내지는 않을 겁니다. 그나마 걸리는 쪽이 다이노스인데, 어차피 드래프트 순위가 우리보다 낮아서 신경 쓰지 않아도 될 것 같습니다."

"그래, 알았어. 구현진하고는 미리 접촉해 봐. 무슨 의미인지는 알지?"

"네. 계약금을 최대한 깎아보도록 하겠습니다."

"그래! 그게 요새 트렌드니까."

단장이 아주 만족스러운지 고개를 끄덕였다.

3.

1차 지명이 사흘 앞으로 다가왔다.

아버지는 컴퓨터 앞에서 떠나질 않았다. 계속해서 1차 지명에 관한 기사를 훑어보며 구현진의 자이언츠 지명 가능성을 따져보고 있었다. 그중 한 기사를 클릭했다.

[자이언츠는 과연 구현진을 데리고 갈 것인가?]

아버지가 기사를 쭉 훑어보고는 밑에 달린 댓글들을 확인했다.

ㄴ구현진 데리고 가야 하지 않나?

ㄴ맞아, 구현진이 자이언츠 가면 엄청 잘할걸.

ㄴ유현진을 놓친 자이언츠! 구현진은 놓치지 맙시다.

ㄴ우완 박세운! 좌완 구현진! 원투 펀치 대박이네!

ㄴ야들아! 구현진은 안 된다. 수술 경력도 있고 언제 터질지 모르는 시한폭탄이다.

ㄴ지랄! 유현진도 수술했거든! 지금은 메이저리그 가서 잘만 던지더만.

ㄴ구현진은 빠른 공과 체인지업 말고는 던질 구종이 별로 없다.

ㄴ체인지업만 잘 던지면 장땡이지 그거 가지고 왜 그래? 유현진도 대한민국에서 빠른 공과 체인지업 두 피치로 성공했거든.

ㄴ야, 유현진이니까 가능한 거야. 짝퉁 구현진은 프로에서 살아남지 못해! 딱 봐도 고교야구 수준이야.

ㄴ그래도 탈삼진 하나는 작살이더만.

ㄴ수준이 딱 거기까지임!

그 댓글을 확인한 순간 아버지가 발끈했다.

"뭔 시답잖은 소릴 하고 있어."

아버지가 곧바로 키보드에 손을 올렸다. 냉큼 몇 자를 적더니 이내 지웠다.

"아, 맞다. 댓글 달면 안 되지?"

아버지는 지난번 댓글 사건으로 차마 반박 글을 달지 못했다. 댓글을 달면 곧바로 구현진 아버지인 것을 들켜 버리기 때문이었다.

"에이, 하필 아뒤를……."

그때 옆집 김 여사가 나타났다.

"현진이 아버지 있어요?"

"누구요?"

아버지가 고개를 돌렸다.

현관 앞에 옆집 김 여사가 환하게 웃고 있었다.

"아, 김 여사 왔어요?"

"네. 그런데 뭐 해요?"

"아들내미 기사 좀 본다고……."

"그래요? 뭐라고 나와 있어요?"

김 여사가 모니터를 기웃거렸다. 그러자 아버지가 김 여사를 돌아보며 손을 덥석 잡았다.

"김 여사!"

"부, 부끄럽고로 와 이라는데예."

김 여사가 깜짝 놀라며 잡은 손을 빼내려 했다. 하지만 아버지의 완력 때문에 손을 빼지는 못했다.

"여, 여서 이러면 안 되는데……. 현진이가 올지도 모르고……. 아직 맘에 준비도 안 되었는데."

김 여사는 잔뜩 수줍은 얼굴로 고개를 푹 숙였다. 아버지는 비장한 얼굴로 말했다.

"김 여사, 부탁이 있소."

"부, 부탁요? 아, 안 되는데……. 당황시러버라."

김 여사는 몸을 배배 꼬며 부끄러워했다. 그런 김 여사를 보며 아버지가 말했다.

"혹시 아뒤 있나?"

"아뒤요?"

김 여사는 살짝 실망한 얼굴이 되었다. 그리고 잡았던 손을 세차게 털어내며 떨떠름하게 물었다.

"아뒤는 왜요?"

"아, 내가 좀 쓸 게 있어서 안 그라나. 있으면 알려줘 봐."

"비끼봐요!"

김 여사가 아버지를 흘겨보고는 아이디와 비밀번호를 적었다.

"자요! 됐죠?"

"오오, 고마워, 김 여사."

아버지는 곧바로 키보드에 손을 올려 타자를 쳤다. 댓글 아이디는 '부산아지메'였다.

ㄴ니들이 뭘 안다고 씨부리싼노. 자이언츠는 구현진이 1순위야, 1순위!

아버지가 엔터를 눌러 댓글을 달자 얼마 있지 않아 그 밑에 댓글이 달리기 시작했다.

ㄴ아이고, 아지메요. 뭘 모르면 집에서 밥이나 하소!

ㄴ아지메는 야구에 대해서 뭘 안다고 씨부리싸소. 그냥 조용히 찌그러져 있으소.

ㄴ이야, 이제 하다 하다 부산 아지메까지 나서네. 부산 참 대단하다!

ㄴ구현진을 알아보는 아지메도 있네. 아니면, 옆집 아지메인가?

그 댓글을 확인한 아버지가 '부산아지메'라는 아이디를 보고 어이없어했다.

"거참! 아뒤가 부산 아지메가 뭐꼬! 부끄럽고로."

"흥! 그럼 내가 부산 아지메지. 딴 아지메입니까?"

"에이, 젠장! 이거 어떻게 지우는 거야?"

아버지가 컴퓨터 앞에 앉아 고군분투하고 있을 때 구현진이 집에 들어왔다.

"저 왔습니다."

"어? 왔나?"

아버지는 돌아보지 않고 말했다. 구현진은 김 여사를 보고 놀랐다.

"어? 아줌마도 계셨네? 안녕하세요, 아줌마!"

"현진이 왔나? 밥은 먹었고? 내가 차려줄까?"

"네에?"

김 여사가 환하게 웃으며 구현진에게 말했다. 그 모습을 보던 아버지가 김 여사에게 버럭 소리쳤다.

"이놈의 여편네가 지금 뭔 소리를 하노. 자네가 왜 남의 아들 밥 묵은 걸 챙기는데? 헛소리 말고 얼른 가소."

"훙! 필요하다고 할 땐 언제고 갑자기 왜 이런대?"

그 말에 아버지는 당황했다.

"내, 내가 은제? 왜 당신이 필요해. 말도 안 되는 소릴 하고 있어."

아버지는 말을 하면서도 구현진의 눈치를 살폈다.

"거참! 현진이 아버지는 괜히 나만 가지고 그래. 알았어요, 가요! 가! 현진아 나중에 보자이."

"네, 아줌마. 살펴가세요."

"오야."

김 여사가 집을 나가고 아버지는 뭐가 부끄러운지 헛기침을 하며 모니터를 응시했다.

"어험! 그냥 아무 일도 없었다. 그러니 쓸데없는 생각 하지 마라."

"저 아무 생각도 안 했는데요?"

"그, 그래? 뭐, 그럼 됐다. 어여 씻어라!"

"그런데 아버지 뭐 하세요?"

구현진이 아버지가 보고 있는 모니터를 응시했다.

"별거 아니다. 그보다 너 자이언츠에서 소식 온 거 없더나?"

"없던데요. 왜요?"

"당연히 1차 지명 때문에 그러지. 이제 슬슬 연락 올 때가 되었는데……."

"에이, 아버지는……. 내가 작년에 통째로 쉬었는데 1차 지명 오겠어요?"

그러자 아버지가 버럭 했다.

"니가 어디가 어때서? 잘 치료했고 잘만 던지는데!"

"언제는 못 했다면서요."

"마! 아버지 성에는 안 차서 그렇지! 자이언츠가 니한테 그러면 안 되지! 자이언츠가! 이만한 애가 어디 있다고."

구현진은 그런 아버지를 보며 피식 웃었다.

"기다려 보세요. 조만간 연락 오겠죠!"

구현진이 대답을 하고는 자신의 방으로 들어갔다. 가방을 내려놓은 구현진은 침대에 벌러덩 누웠다. 팔베개를 하며 천장을 바라보았다.

"진짜 연락 오려나?"

구현진도 내심 기대가 되었다. 그러다가 침대에서 몸을 일으켜 핸드폰을 만졌다. 핸드폰을 통해 기사를 확인해 보았다.

"될까? 안 될까?"

구현진이 중얼거리며 검색을 하였다.

과거로 돌아오기 전 구현진은 자이언츠 소속이 아니었다. 이글스에서 선수 생활을 했었다. 그러나 그때와 지금은 모든 것이 달라져 있었다.

"자이언츠가 아니라면 이글스도 괜찮을 텐데."

선수 생활을 했던 곳이라 내부 사정을 잘 알고 있고, 무엇보다 인연을 맺은 유현진이 있던 곳이라 마음이 갔다.

과거, 투수진이 부실하여 구현진을 즉시 선발로 활용했던 만큼 입단하게 된다면 선발 출전은 보장받을 수 있을 것 같았다.

'관리가 잘 안 되긴 했지만.'

수술을 미뤄달라는 식으로 나왔던 것이 마음에 걸리긴 했지만 말 그대로 과거와 지금은 상황이 달랐다.

그러나 이글스는 전혀 반응을 보이지 않고 있었다.

'하지만 자이언츠도 분명…….'

그러면서도 자이언츠에서 내심 1차 지명을 해주기를 바라고 있었다. 현재 구현진이 사는 곳이 부산이고 그곳을 대표하는 야구구단이 바로 자이언츠이기 때문이었다.

자기 팜에서 무조건 한 명만 뽑을 수 있는 1차 지명에서 자신이 호명된다는 것이 얼마나 영광일지 잘 알고 있었다. 1차 지명이 안 되더라도 2라운드에서라도 뽑히고 싶었다.

아니, 뽑힐 것 같은 강한 자신감이 있었다.

그런데 문제는 드래프트 추첨 순위였다. 1위가 위즈, 2위가 라이온즈, 3위가 이글스, 4위가 트윈스였고 자이언츠는 5위였다.

1위 위즈는 이미 누굴 뽑아가겠다고 발표가 난 상황이었다. 2위, 3위는 아직 발표가 나지 않았지만 그렇다고 입질도 없었다. 그다음이 트윈스였다.

정작 가고 싶은 두 구단에서는 아직 연락이 없는데, 왠지 모르게 자꾸만 이글스와 자이언츠 사이에 있는 트윈스가 마음에 걸렸다.

"하아, 아무래도 트윈스가 될 것 같은 아주 불길한 기분이 드는데……."

그때 핸드폰이 '지잉, 지잉' 울렸다.

발신자 확인을 해보니 유현진이었다.

"어? 현진이 형이다."

구현진은 깜짝 놀라며 곧바로 전화를 받았다.

"형! 오랜만이에요."

-잘 지냈냐?

"그럼요! 형은 어때요?"

-나야 늘 똑같지. 그보다 이제 1차 지명과 드래프트 라운드가 시작되지?

"네, 형."

-너 1차 지명 안 되면 꼭 이글스 가라. 나 빠지고 투수가 없어서 지금 절망적이더라. 그러니 나 대신 가서 좀 뛰어라.

"에이, 형! 그게 내 마음대로 돼요? 구단에서 뽑아줘야 가죠. 물론 이글스에서 뽑아주면 아주 기쁜 마음으로 갈 생각이지만요."

-어쩌면 뽑아줄지도 몰라.

"네에? 왜요?"

-나랑 이름이 같잖아!

"그건 또 무슨 논리예요?"

-말이 그렇다는 거지. 그보다 아직 발표는 없었지?

"네, 아직 없네요."

-자이언츠는? 너 데리고 간대?

"전혀 말이 없어요."

-야, 그냥 2차 때 이글스로 가!

"그럴까요?"

-지금 이글스도 투수가 없어 만날 깨지잖아. 그리고 이글스는 좌완 무척 좋아해. 그러니 널 데리고 갈 수도 있어.

“진짜 그랬으면 좋겠네요.”

-사실은 말이야. 내가 그쪽 스카우터 쪽에 슬쩍 물어는 봤거든.

유현진의 말에 구현진의 눈이 반짝였다.

-관심은 좀 있다고 하더라.

“그래요?”

-그런데 지역 팜 문제가 걸려 있어서 그런지 고민을 좀 하는 것 같더라.

유현진의 말을 듣고 구현진이 가볍게 고개를 끄덕였다. 그럴 수도 있겠다는 생각이 들었다.

사실 1차 지명에서 한 명을 뽑아가더라도, 대개 1라운드는 지역에 있는 선수를 뽑아갔다. 그 선수가 잘해서라기보다는 지역 야구 활성화를 위해서였다.

그런데 만약 1차 지명에서 한 명을 뽑고, 1라운드에서 다른 지역의 선수를 뽑는다면 우리 지역에 잘하는 선수가 없다고 알리는 것이 되었다.

그래서 그런 이유로 이글스는 고민하고 있었다.

-현진아, 만약 이글스에서 너 뽑는다면 정말 갈 거야?

“당연히 가야죠. 불러주면 영광이죠.”

-그래? 그렇단 말이지? 너 나중에 딴소리 하지 마라.

"네, 형!"

-알았다. 이만 쉬어라.

"형도 쉬세요."

그렇게 전화를 끊고 구현진이 잠깐 핸드폰을 바라보았다.

"현진이 형이 얘기 좀 잘해주려나?"

구현진은 피식 웃어넘기곤 자리에 앉아 노트와 볼펜을 꺼내 뭔가를 적었다.

"1순위 위즈는 일단 제쳐놓고……."

위즈는 예전부터 세 명을 후보에 올려두고 있었다. 그 후보 중에 구현진은 없었다. 2순위 라이온즈도 마찬가지였다. 미리 정해 둔 우선순위를 따라 선수를 뽑을 생각이었다.

하지만 3위인 이글스는 가능성이 있었다.

"이글스는 잘하면 뽑아줄지도 모르겠는데……."

구현진은 그때부터 이글스에 가서 어떻게 할지 상상의 나래를 펼쳤다.

"만약 들어간다면 현진이 형의 뒤를 이어서 에이스로 날려줄 텐데. 쉽지는 않겠지만, 그렇다고 불가능한 일은 아니니까."

그리고 4순위인 트윈스가 눈에 들어왔다.

"하아, 트윈스……. 트윈스가 문제인데."

부산을 연고지로 둔 자이언츠, 구현진을 중용할 것이 확실시

되는 이글스를 두고 트윈스로 가게 되는 걸 바라지는 않았다.

"제발 뽑지 마라. 제발."

구현진은 생각이 복잡했다.

솔직히, 유현진과의 관계도 있지만 가장 중요한 것은 구현진의 명예회복이었다. 당시 부상만 잘 처리했다면 구현진은 이글스에서 최악의 신인이 아니라, 최고의 에이스가 될 수 있다고 생각했다. 그것을 증명하기 위해서라도 이글스로 가는 걸 바랐다.

"5순위는 자이언츠인데……. 내가 자이언츠에 갈 수 있을까? 그래도 지역구로 따지고 보면 자이언츠가 좋긴 한데. 에라이, 모르겠다."

구현진은 볼펜으로 노트에 적었던 순위를 막 어지럽게 만들었다. 그리고 침대로 와서 누웠다.

"뭐, 어떻게 되겠지!"

구현진이 팔베개를 하며 눈을 감았다. 잠시 후 구현진은 깊은 잠에 빠져들었다.

4.

1차 지명 발표 당일이 되었다.

구현진은 집에 있다가 장만호의 전화를 받았다.

-니 뭐 하노? 퍼뜩 나온나!

“야, 오늘 같은 날에는 좀 쉬자!”

-쉬긴 뭘 쉬노. 어여 나온나. 여기 서면 아울렛이다. 한 시간 안으로 나온나! 알았제?

“아니, 난…….”

-시끄럽다! 니 나올 때까지 기다린다!

장만호는 자기 할 말만 하고 끊었다. 구현진은 어쩔 수 없이 옷을 입고 서면 아울렛으로 향했다.

그런데 그곳에서 뜻하지 않은 인물들이 있었다. 바로 이순정과 박정임이었다. 박정임은 지금 오는 중이라고 했다.

물론 이순정은 장만호와 한 쌍이다 보니 이해를 했다. 그런데 박정임까지 불렀을 줄은 몰랐다. 그 옆으로 장만호가 다가와 구현진을 툭 건드렸다.

“우리 넷이 놀면 좋잖아!”

장만호가 구현진에게 어깨동무했다. 그러자 구현진이 장만호의 어깨를 풀며 한 소리 했다.

“아, 왜 또 넷이서 놀아야 하는데?”

“그럼 당연하지! 니랑 내랑 둘이 놀끼가? 남자끼리? 징그럽구로!”

“예전에는 둘이서 잘 놀았잖아!”

"야! 그때와 지금은 다르지! 난 지금 입장이 다르잖아."

그때 이순정이 불쑥 장만호의 팔짱을 끼었다.

"우린 패키지 아이가. 패키지!"

그런데 저 멀리 박정임까지 모습을 드러냈다.

"그런데 쟤는 왜 또?"

"재가 너 좋대, 인마! 순정이 말로는 니들 사귄다메?"

"사, 사귀긴 무슨. 그냥 좋게 지내자는 거지?"

"그게 그거 아이가! 그리고 넌 눈치도 없이 우리 사이에 꼽사리로 낄끼가? 서로 짝으로 놀면 얼마나 좋아?"

"아, 알았다."

구현진은 마지못해 함께 데이트를 하였다. 패스트푸드점에서 햄버거랑 감자튀김을 먹으며 이야기를 나눴다. 그러는 한편 구현진은 답답했다.

'내가 지금 뭐 하고 있는지 모르겠네.'

그러면서 어색한 웃음을 계속 날렸다. 맛있는 밥을 먹었으면 이제는 영화 관람이었다. 장만호와 이순정은 뭐가 그리도 좋은지 자기들끼리 웃으며 놀았다.

구현진도 박정임과 함께 나란히 앉아 영화를 봤다. 하지만 구현진은 영화가 전혀 눈에 들어오지 않았다. 영화가 다 끝나고 밖으로 나왔는데도 무슨 영화를 봤는지 하나도 기억나지 않았다. 그런 구현진의 모습을 본 장만호가 다가왔다.

"현진아, 걱정하지 마라! 자이언츠가 눈이 삔 게 아니고서야 닐 안 뽑겠나?"

"그렇겠지?"

"그래. 인마!"

장만호가 구현진의 등을 토닥였다.

"나, 잠시 화장실 좀……."

"그래."

장만호는 화장실로 가서 슬쩍 입구를 보았다. 구현진이 밖에서 기다리고 있는 것을 확인한 장만호는 곧바로 핸드폰을 꺼내 검색했다.

[자이언츠! 부경 대학교 이경수 지명!]

자이언츠 1차 지명으로 구현진이 유력 후보로 뽑혔으나 아쉽게도 부상 경력 때문인지 부경 대학교 이경수를 지명했다. 이경수는…….

"인마들이 미쳤나! 이게 무슨……. 현진이를 데리고 가야지. 그게 정상 아이가? 자이언츠 완전히 미쳤네!"

장만호의 중얼거림에 옆에서 볼일을 보던 아저씨가 기웃거렸다.

"뭐요? 자이언츠가 누구 데려갔대요?"

"부경대 이경수요."

"구현진이 아니고? 이경수? 이야, 자이언츠 또라이 새끼들이네. 당연히 구현진을 데리고 갔어야지!"

"그렇죠? 아, 진짜!"

"자이언츠 프런트가 멍청이들이 많다고 하더만……."

아저씨는 혀를 차며 볼일을 마쳤다. 그 모습을 보던 장만호가 물었다.

"그럼 아저씨도 자이언츠 팬?"

"나? 에이, 난 다이노스!"

"다이노스 팬이 왜 자이언츠를 궁금해하세요?"

"나도 한때는 자이언츠 팬이었으니까. 뭐, 그건 그렇고 다이노스는 누구 데려갔대요?"

아저씨는 아예 대놓고 물었다. 그러자 장만호가 버럭 소리를 질렀다.

"몰라요! 궁금하면 아저씨가 알아보시든가!"

"거참, 성질머리 하고는……."

아저씨는 고개를 절레절레 흔들며 화장실을 나갔다. 그사이 구현진이 화장실로 들어왔다. 볼일을 보다 말고 씩씩거리고 있는 장만호를 보았다.

"야, 뭐 해?"

그러자 장만호가 화들짝 놀랐다.

"니, 여기 왜 들어왔노?"

"나도 오줌 싸러 왔지."

"그, 그래?"

그때 구현진이 슬쩍 장만호의 핸드폰으로 시선을 보냈다. 장만호가 곧바로 핸드폰을 주머니에 넣었다.

"왜? 내가 아니더나?"

"어? 아……."

"괜찮아. 누구 뽑았는데?"

"자이언츠 이 새끼들 아무래도 눈알이 삔 것 같다. 어떻게 니를 못 알아볼 수가 있노!"

"괜찮아. 어차피 반반이었어. 2학년을 풀로 쉬었잖아."

"맞다. 그게 좀 크다! 남들은 열심히 2학년을 보냈으니까. 그래도 기다려 봐라. 최소한 1라운드 지명은 받겠지."

"1라운드 지명이 문제가 아니라 어디서 지명받는지가 문제야."

구현진이 낮게 한숨을 내쉬었다.

"마! 당연히 자이언츠지. 니는 자이언츠 가기 싫나?"

"야, 1라운드는 우선 지명이 아니잖아. 어떤 구단이든 부르면 가야지."

"그래도 그럼 안 되지, 인마! 기자한테 얘기해라!"

"내가 기자한테 얘기하면 뭐가 되는데? 아무 소용없어!"

"그래도 해 봐!"

장만호가 막무가내로 떼를 썼다.

그 모습을 보고 구현진이 물었다.

"너 왜 그래?"

"왜 그러긴! 니가 자이언츠 가야 나도 가지. 둘이 같이 자이언츠 가야 호흡을 맞출 거 아이가."

장만호가 강하게 자신의 바람을 얘기했다. 그러나 구현진의 기억으로는 장만호도 자이언츠에 가지 못했다.

"만호야. 너도 자이언츠에는……."

"뭐?"

"아, 아니야."

"아무튼, 자이언츠에서 꼭 뽑을 끼다."

"그게 쉽지가 않다니까."

"아, 몰라! 몰라! 넌 무조건 자이언츠여야 해!"

"새끼……."

떼를 쓰는 장만호를 보며 구현진은 피식 웃었다.

"그보다, 만호야."

"왜?"

"넌 꼭 자이언츠가 아니면 안 되겠나?"

"당연하지! 난 무조건 자이언츠다."

"혹시 가고 싶지 않은 곳은 있나?"

"있제!"

"어디?"

"당연히 다이노스지."

"다이노스?"

그 순간 구현진은 크게 웃음을 터뜨렸다.

"하핫! 푸하하핫!"

"뭐꼬? 니 왜 웃는데?"

"내가 생각하기에 넌 다이노스 갈 것 같아서."

그 소리에 장만호가 버럭 소리를 질렀다.

"마! 헛소리하지 마라! 말이 씨가 된다."

장만호가 씩씩거리며 손을 씻고는 화장실을 나갔다. 그 모습을 보며 구현진이 피식 웃었다.

"만호야. 안타깝지만 순정이가 왜 너랑 결혼한 줄 아나? 네가 다이노스라서 했단다. 다이노스! 뭐, 그래도 바람이지만 나도 너랑 함께 자이언츠 갔으면 좋겠다."

구현진이 혼잣말을 하고는 손을 씻었다.

"하아……."

구현진이 손을 씻다가 거울을 바라보았다. 구현진은 그랬다! 장만호의 생각처럼 우선 자이언츠에 지명받으면 좋겠지만, 그것보다 내가 빨리 데뷔해서 활약할 수 있는 팀이 우선이었다.

그런 면에서 트윈스도 나쁘지는 않았다. 하지만 트윈스는 부상 경력이 있는 선수를 꺼리는 경향이 있었다. 그것은 자이언츠도 마찬가지였다.

그렇다면 이글스가 오히려 낫다고 봐야 했다. 이런저런 생각을 하는 구현진은 자신도 모르게 마음이 심란해졌다.

"2차여도 1라운드에 지명된다는 것은 어쨌든 영광이긴 한데……. 어느 구단이 날 데리고 갈까?"

구현진이 수돗물을 잠그고 화장실을 나갔다.

5.

넷은 나란히 식당으로 향했다. 고깃집으로 간 그들은 갈비를 시켜서 구워 먹었다. 그 와중에 구현진은 먹는 둥 마는 둥 하고 있었다. 그때 구현진 접시로 잘 익은 고기 한 점이 올라왔다.

"어?"

구현진이 고개를 돌리자 옆에 앉은 박정임이 미소를 짓고 있었다.

"왜 그렇게 못 먹어. 어서 이거 먹어!"

"어, 고마워."

구현진이 그 고기를 집어 입으로 가져갔다. 박정임은 그 후 자기는 먹지 않고 잘 구운 고기를 계속해서 구현진 접시에 올려놓았다.

급기야 고기를 상추에 싸서 멍하니 앉아 있는 구현진 입에 직접 넣어주었다. 또 구현진은 그 쌈을 말없이 받아먹었다. 그런데 지켜보는 이순정의 눈에는 마치 어미 새가 아기 새에게 먹이를 주는 것처럼 보였다.

"정임이 너 어미 새가 따로 없네."

"아니, 현진이가 잘 못 먹으니까……."

박정임이 수줍게 말했다. 하지만 이순정은 그 모습이 아니꼬웠다.

"현진이는 손이 없대? 지가 알아서 묵으라고 해!"

그러자 옆에 앉아 있던 장만호가 나섰다.

"야, 냅둬! 지금 현진이 정신없을 끼다. 봐라, 맛이 완전히 갔다. 정임이가 저렇게 줘야 그나마 고기 먹지."

"맛은 무슨……. 저 봐, 또 고기 처묵고 있잖아!"

"괜찮다니까."

"난 안 괜찮아. 우리 만호 먹을 고기가 없어지잖아!"

"난 내가 알아서 챙겨 묵는다."

"그래도……."

이순정이 눈을 흘기며 구현진을 째려보았다. 하지만 구현진은 여전히 멍한 상태로 고기를 씹고 있었다.

"만호야."

"와?"

"현진이 1라운드에 지명될 거라며!"

"그렇지."

"그런데 와 저라고 있는데?"

"어디 될지 몰라서 그라제."

"어디든 가믄 좋은 거잖아!"

"어디라니? 무조건 자이언츠 가야지! 나도 자이언츠 가고, 그곳에서 다시 배터리 짜야지."

장만호의 자신 있는 말에 이순정의 눈이 커졌다.

"근데 만호야."

"왜?"

"진짜 자이언츠는 갈 수 있는 기가?"

"누구? 나?"

"그래."

"당연하지! 난 무조건 자이언츠야!"

"아닐 수도 있잖아."

"아니긴……. 그런데 와 물어보는데?"

"혹시 다이노스 갈 수 있지 않을까? 해서 그러지."

"다이노스? 니 지금 무슨 소리 하노! 다이노스는 안 가! 무조건 자이언츠야!"

장만호의 말에 이순정이 살짝 서운한 기색을 내비쳤다.

"다이노스가 와! 얼마나 좋은 곳인데."

"됐다! 쓸데없는 소리 하지 마라. 부정 탄다!"

"다이노스 가는 게 와 부정이고?"

"거참……. 시끄럽대도."

장만호와 이순정이 말다툼을 시작했다. 그 소리에 정신을 차린 구현진이 물었다.

"야, 너희들 왜 싸워?"

"아, 아니다. 신경 쓰지 마라. 어서 고기 묵으라!"

장만호가 고기를 한 점 들어 구현진 입에다가 넣어주었다. 하지만 이순정은 멈출 생각이 없었다.

"말 돌리지 마라! 나 보고 얘기해라."

"아놔, 지금 밥 묵잖아! 밥 묵는데 꼭 이래야겠나?"

"그래! 난 이래야겠다!"

"거참, 가스나 끈질기네. 좀 이따가 하자."

"그게 말이가, 빵꾸가!"

급기야 박정임도 나서며 두 사람을 말렸다.

"그만 싸워!"

하지만 두 사람은 전혀 말을 듣지 않았다. 구현진이 박정임에게 말했다.

"우리 나가자. 집에 데려다줄게."

"응? 재들은?"

"그냥 냅둬! 저러다가 그냥 말아."

"그래도?"

"괜찮대도. 가자!"

박정임은 가방을 챙겨서 일어났다. 하지만 쉽게 발걸음이 떨어지지 않았다.

"정임아. 가자!"

"그, 그래. 알았어."

구현진이 고깃값을 계산하고 두 사람에 소리쳤다.

"내가 계산했다. 우리 들어간다!"

구현진이 말해도 두 사람의 귀에는 들리지 않는 모양이었다. 구현진이 피식 웃고는 박정임과 함께 가게를 나섰다.

6.

아쉬워하는 박정임을 집에 데려다준 뒤 구현진은 집에 도착했다.

"아버지, 저 왔어요."

"오야, 왔나?"

구현진이 현관에서 신발을 벗는데 낯선 구두를 발견했다.

"아버지 누가 왔어요?"

구현진이 거실로 들어가자 그곳에 낯선 남자 한 명이 앉아 있었다.

"이리 온나, 인사해라! 에이전트란다."

"에이전트요?"

"그래. 아버지 아는 사람이 한번 만나보라고 해서 만났는데 이 양반이 재미있는 얘기를 하네. 이리 와서, 너도 얘기 들어봐라."

"아, 예에. 일단 옷 좀 갈아입고요."

구현진은 곧장 자기 방으로 갔다. 외출복을 벗고 편안한 옷으로 갈아입었다.

"누구지?"

구현진이 고개를 갸웃하며 밖으로 나갔다. 그러자 에이전트가 자리에서 일어나 환한 얼굴로 말했다.

"반갑습니다. 구현진 선수! 저는 D.R 코퍼레이션의 박동희라고 합니다."

박동희는 품에서 명함을 꺼내주었다. 구현진이 명함을 건네받았다. 명함을 잠시 들여다보던 구현진이 물었다.

"그런데 저희 집에는 왜?"

"아! 사실 저는 구현진 선수를 메이저리그에 보내고 싶어서 왔어요."

"메이저리그요?"

"네, 저는 구현진 선수가 메이저리그에 나갔으면 합니다. 그 이유는 …….”

구현진은 정신이 없었다. 뜬금없이 에이전트가 와서 메이저리그 타령을 하니 당혹스럽기도 했다.

하지만 박동휘는 침착하게 구현진의 메이저리그 가능성을 전했다.

메이저리그에서 통할 선수고, 메이저리그 어느 구단에서 관심이 있으며 여기 오기 전에 몇몇 메이저리그 구단에서 관심을 표명해서 지인을 가장해 만나보았는데, 구현진의 영입을 진지하게 고려하고 있다는 점까지 숨기지 않고 털어놓았다.

또한, 미국의 몇몇 블로그들이 자신에 대해서 다뤘고 기자들도 구현진에 대해서 몇 차례 언급했다는 점도 덧붙였다. 이러한 소식들을 구현진은 전혀 모르고 있었다.

“그런데 왜 저는 몰랐을까요?”

박동희가 미소를 지으며 말했다.

“우리나라는 원래 그런 걸 잘 안 옮겨와요. 다른 구단에게도 실례가 되고, 그걸 보고 어느 구단이 좋아하겠어요.”

사실이 그렇다. 따지고 보면 선수를 해외로 빼돌리려고 하는 것인데 어느 누가 좋아하겠는가. 국내 스포츠 기자들도 구단들하고 친해서 대부분 쉬쉬하는 경향이 있다고 했다.

“그런데 이런 소식은 어떻게 알았어요?”

“나야, 당연히 구현진 선수를 보고 메이저리그에서 통할 것 같아서 미리미리 조사를 좀 했어요. 내가 뒷조사를 해서 불쾌한 건 아니죠?"

"그건 아니고요. 미국에서 절 알아봐 줄지는 몰랐어요."

"솔직히 지금에 와서 말하는 건데요. 만약 1차 지명을 받았다면 저는 구현진 선수를 포기할 생각이었어요. 프로에서 몇 년 뛰다가 가도 나쁘진 않다고 생각하거든요. 어차피 1차 지명이면 구단에서도 충분히 기회를 줄 것이고, 젊은 나이에 해외에 도전할 수 있으니까요. 그런데 1차 지명이 아니라면 어느 구단으로 갈지도 모르고, 그 구단에서 확실하게 기회를 줄지도 의문일 것 같아서요. 또, 그 부분에 대해서 구현진 선수도 고민하고 있을 거로 생각해서 이렇듯 찾아왔습니다."

"아, 그러세요?"

"그럼 제가 구현진 선수에게 묻겠어요. 어떻게 생각하세요, 메이저리그?"

"메이저리그……. 좋죠! 현진이 형도 있고……."

"아, 맞다! 유현진 선수랑도 친하시죠."

"아, 예에……. 그런데 어떻게 아세요?"

구현진이 물어보자 박동희가 피식 웃었다.

"유현진 선수 에이전트가 제 친구예요."

"그래요?"

"유현진 선수가 하도 '자기 뒤를 이을 투수다.' 라고 자랑을

해서요. 그래서 처음으로 구현진 선수에게 관심을 가졌던 겁니다."

그 말을 듣는 순간 구현진의 표정이 복잡 미묘해졌다.

'가만, 그럼 현진이 형 쪽 에이전트랑 계약해 볼까?'

박동희가 구현진의 표정을 읽더니 곧바로 말했다.

"혹시 유현진 선수 에이전트랑 계약할 생각을 하고 있어요?"

"어? 티가 났나요?"

"그것도 나쁜 방법은 아닌데요. 스스로 말하기 뭐하지만, 저 유능합니다. 그리고 그 에이전트는 유현진 전담 에이전트라서 많이 바빠요. 구현진 선수도, 개인 에이전트가 있는 것이 좋지 않겠어요?"

박동희가 당당하게 말했다.

"참고로 전 담당하는 선수가 없어요. 그렇다고 실업이 노는 것도 아니고요. 몇몇 선수를 메이저리그에 소개시켰는데, 요새는 반응이 별로 좋지는 않아요. 그래서 국내 고등학교 선수들을 소개시켜 주는 것을 정리하고, 국내 에이전트 즉, 프로선수 에이전트를 하려고 왔습니다. 그런데 구현진 선수를 보고 딱 한 번만 더 시도해 보고 싶었어요. 저를 믿고 함께해 줄 수 없습니까?"

구현진이 깊은 고민을 했다.

"으음……. 그러다 잘못되면요?"

"구현진 선수가 뭘 걱정하는지는 압니다. 그런데 미리 계약만 하지 않으면 상관이 없습니다. 사전에 받아보고 알아보는 것밖에 하지 않아요. 문제는 미국 메이저리그 구단은 개인으로는 절대 계약을 하지 않습니다. 그 중간에 에이전트가 있어야만 계약이 가능해요. 그래서 저에게 맡겨만 주시면 모든 준비는 제가 다 할 것입니다. 또 국내에 남아 다른 프로구단과 계약을 한다고 해도 전적으로 구현진 선수를 돕겠어요. 하지만 전 구현진 선수가 메이저리그에서 공을 던지는 모습을 보고 싶은 마음이 가장 커요. 그래서 제가 구현진 선수의 에이전트를 하겠다고 발 벗고 나선 것입니다. 절대 수수료를 빼먹기 위해서 에이전트를 하겠다고 하는 것이 아닙니다. 그것만은 알아주십시오."

구현진은 그 말에 믿음이 갔다.

"알겠어요. 저도 조금 생각할 시간을 주세요."

"그렇게 하세요."

"네. 조만간 연락드리겠습니다."

"그래요. 그럼 나중에 또 봐요."

"네."

박동희가 나가고, 아버지가 구현진에게 다가갔다.

"와? 맘에 안 드나? 나는 맘에 들던데."

아버지는 처음 박동희를 봤을 때는 사기꾼으로 오해했었다.

그런데 구현진에 대해서 하나하나 얘기를 하고, 자신이 조사했던 것까지 빠짐없이 알려주자 차츰 믿음이 갔다.

특히 구현진을 최고의 선수라고 칭찬해 주는 말에 저도 모르게 뿌듯함이 느껴졌었다. 무엇보다 구현진에 대한 자료라고 꺼내놓은 엄청난 두께의 보고서를 보고, 오히려 아버지인 자신보다 더 많이 알고 있다는 것에 신뢰가 들었다.

'그래. 나보다 더 우리 아들을 잘 알고 있다면 믿고 맡겨도 되겠구나.'

아버지는 박동희의 철저한 준비성에 반했다.

"저도 뭐 나쁘지 않다고 생각해요. 그런데 그 자리에서 바로 '알겠어요, 해요.' 이러면 좀 그렇잖아요. 우리도 고민하고 있다는 것을 보여줘야죠."

"오오, 아들! 네 머리로 그런 것도 생각했나?"

"아버지는 절 뭐로 보고……. 아무튼 저 좀 씻고 나올게요."

"오야."

구현진이 화장실로 들어가고 아버지는 박동희가 건네준 구현진 보고서를 찬찬히 훑어보았다.

"으음……. 좋네."

그로부터 일주일 후.

박동희는 구현진에게서 계약하자는 얘기를 듣자마자 곧바로 메이저리그 각 구단 단장에게 메일을 한 통씩 보냈다.

[안녕하십니까. 저는 D.R 코퍼레이션 대표 박동희입니다. 그리고 구현진 선수의 에이전트이기도 합니다. 혹시 귀 구단이 구현진 선수에게 관심이 있다면 저에게 연락을 주십시오.]

에인절스 빌리 와이언 단장은 그 메일을 받고 고개를 갸웃했다.

"구현진? 구현진이 누구지?"

그러자 수석 보좌관이 바로 답을 해주었다.

"존 메겐리 아시아 지역 스카우터 팀장이 말했던 좌완 투수입니다."

"아! 그 친구……. 에이전트를 구한 모양인데?"

"그래요? 그럼 미국에 올 생각이 있는 모양입니다."

"그렇다고 봐야겠지?"

"네!"

"그럼 어서 알아봐!"

"네, 알겠습니다."

다시 일주일이 흐른 후 박동희에게 연락이 온 메이저리그 구단은 총 15개였다. 대부분 한번 찔러보자는 심정으로 연락을 취했고, 다른 몇몇 구단은 정말로 관심이 있었다.

박동희는 좋은 조건과 나쁜 조건을 제시한 구단을 추려내어 구현진에게 가지고 갔다.

"메이저리그에서 연락이 온 구단은 총 15곳입니다. 하지만 그중 괜찮은 조건을 제시한 3곳만 추려서 가지고 왔습니다. 바로 이곳입니다.

박동희가 세 개의 구단 이름이 적힌 서류를 내밀었다. 구현진은 그것을 보고 눈이 커졌다.

"15곳이나 되요?"

"그만큼 구현진 선수에게 관심이 있다는 것이죠. 그런데 그중 반 정도는 그냥 한번 찔러보는 겁니다. 그리고 그 반 정도가 정말 관심이 있다는 것이죠."

"아, 네에……."

구현진이 고개를 끄덕였다.

"일단 좋은 조건을 제시한 구단은 컵스, 다저스, 에인절스입니다."

"다저스요?"

구현진은 다저스가 자신에게 관심을 보이자, 절로 기분이 좋아졌다. 왜냐하면, 구현진도 메이저리그에 간다면 다저스에 가고 싶었고, 또 거기에 유현진도 있기 때문이었다.

구현진이 재빨리 다저스가 적힌 서류를 확인했다. 모든 서류는 번역된 상태였다. 그중 마음에 걸리는 것이 하나 있었다.

"다저스에서 정말 이런 말을 했어요?"

"네."

[우리 구단은 구현진 선수가 유현진 선수를 대신할 수 있을 것이라 여긴다.]

그 부분에서 구현진은 기분이 별로 좋지 않았다. 솔직히 구현진은 유현진을 우상으로 여기고 있었다. 그에게 체인지업을 배우고, 아낌없는 조언을 들었다. 친형이나 다름없는 존재였다.

그런데 유현진의 빈자리를 채운다는 것이 못내 싫었다. 구현진이 다저스의 서류를 내려놓았다. 그리고 컵스와 에인절스의 서류도 확인했다. 박동희가 조심스럽게 물었다.

"어느 구단이 맘에 들어요?"

"솔직히 말씀을 드리면 저는 다저스가 좋아요. 현진이 형이랑 같이 던지고 싶어요."

"그것도 나쁘지 않네요."

박동희가 고개를 끄덕였다.

"솔직히 컵스는……. 별로 흥미가 당기지 않아요."

"그럼 컵스는 바로 탈락이네요."

"에인절스는요?"

"에인절스는……."

솔직히 에인절스가 내민 조건도 맘에 들었다. 계약금도 다른 두 구단보다 많았다. 무엇보다 마이너리그 계약은 하지만 꼭 빅리그에 올라갈 수 있게 아낌없는 지원을 해주겠다고 했다.

물론 다저스도, 컵스도 그랬지만…….

구현진이 쉽게 결정을 내리지 못하자 박동희가 나섰다.

"그럼 일단 제가 다저스랑 먼저 얘기를 해보겠습니다. 그쪽의 얘기를 듣고, 에인절스랑도 얘기해 보겠습니다. 그러고 나서 결정하는 것도 나쁘지 않다고 생각하는데요."

"좋아요."

구현진도 고개를 끄덕였다. 박동희가 서류를 챙겨 가방에 넣었다.

"요즘 많이 바쁘죠?"

"네. 이제 대통령배가 남았거든요."

"아! 대통령배가 마지막 대회죠?"

"네."

"대통령배가 끝나면 2차 드래프트죠?"

"네."

"1라운드에 붙을 자신 있어요?"

"열심히 해야죠."

구현진이 피식 웃었다.

"아마 1라운드에 꼭 뽑힐 겁니다. 어느 구단에 뽑힐 것 같아요?"

박동희의 물음에 구현진이 고개를 갸웃했다.

"글쎄요, 솔직히 잘 모르겠어요."

그러자 박동희가 조심스럽게 말했다.

"제가 들은 정보에 의하면요……."

박동희가 뜸을 들이고 말은 하지 않았다.

"어딘데요?"

구현진이 참다못해 재촉했다. 그러자 박동희가 자리에서 일어나며 말했다.

"안 알려줘요. 일급 기밀이라……."

"뭐라고요?"

구현진이 황당한 표정을 지었다.

7.

"하아……. 이번 대회 선발은 또 어떻게 해야 하나?"

김명환 감독이 대통령배 대회를 앞두고 선발 로테이션에 대해 고민하고 있었다.

"이번에도 결승전에 올라가야 하는데……."

톡톡톡!

볼펜으로 탁자를 두드렸다. 그렇게 약 10여 분이 흘러갔다.

"그래, 어차피 1라운드는 그냥 통과니까."

부산 제일고는 1라운드를 거치지 않고 곧바로 2라운드에 진출했다. 대통령배 대진 추첨식 때 김명환 감독에게 운이 따랐던 덕이었다.

김명환 감독은 우승을 목표로 선발 투수 로테이션을 새롭게 고민해야 했다.

"2라운드 이수민, 3라운드 구현진, 4라운드 조정훈. 이런 식으로 가면 되겠군."

이런 식이라면 마지막 결승전에서 구현진이 등판할 수 있었다. 하나 약간의 도박이었다. 객관적으로 볼 때 8강전과 준결승전에서 이수민과 조정훈이 막아낼 수 있을지는 의문이었다.

하지만 김명환 감독은 이 두 사람을 전적으로 믿었다. 실력도 부쩍 늘었고, 저번 청룡기 대회를 치른 후 자신감마저 붙어 있었다.

더불어 타자들도 열심히 하고 있었다. 그 외에도 2학년의 송일섭이 여차할 때 기댈 수 있을 만큼 급성장하였다.

"그래! 이번에 한번 우승해 보자!"

김명환 감독이 이렇듯 큰소리치는 이유는 또 한 가지가 있었다. 바로 대진운이었다. 2라운드는 의외로 쉬운 상대가 걸렸다. 그래서 무난히 이길 것으로 내다봤다.

하지만 3라운드가 조금 까다로운 상대였다. 그러나 구현진이라면 충분히 승리할 수 있을 것 같았다.

첫 대진 추첨도 그렇고 2라운드 상대도 괜찮았다. 운이 따라주는 것만 같았다. 4라운드도 조정훈이라면 해볼 만한 상대가 올라올 거로 생각했다.

그런데 5라운드가 조금 애매했다. 전적으로는 부산 제일고가 불리하지만 최근 경기력으로 본다면 이길 수 있을 것 같기도 했다.

게다가 이수민의 실력이 부쩍 올라와 있는 상태라 실력을 믿고 맡기면 충분히 제 몫을 해줄 것 같았다.

그러면 결승전에서 구현진이 던지고 우승까지 바라볼 수 있을 것 같았다.

"정훈이가 잘해주면 되는데……."

그리고 김명환 감독은 두 번째 안도 꺼내었다. 여기서 첫 번째로 나설 선발 투수는 바로 구현진이었다. 구현진이 준결승전에 나오면 결승전은 이수민이었다.

그럼 청룡기 대회랑 별반 다르지 않았다. 물론 2번째 안은 준결승까지는 무난하게 갈 수 있다는 장점이 있었다. 물론 우승은 생각해 봐야 할 고민이지만…….

어쨌든 김명환 감독은 두 개의 안을 꺼내놓고 고민했다.

"어떻게 하지? 어떻게 해야 잘했다고 소문이 날까?"

김명환 감독이 고민하고 있을 때 구현진이 들어왔다.

"현진아!"

"네, 감독님."

"너는 1번이 좋냐? 2번이 좋아?"

"네?"

"그냥 한번 말해봐. 1번이 좋아, 2번이 좋아?"

"당연히 1번이죠."

"그렇지? 1번이지! 그럼 이걸로 정해야겠다."

김명환 감독은 1안을 들고 뿌듯한 얼굴을 하였다. 그렇게 구현진은 결승전 등판 가능성을 얻을 수 있었다.

8.

대통령배 대회가 개막했다.

1라운드를 치르지 않는 부산 제일고 선수들은 다른 학교들이 1라운드를 치르는 날까지 학교에서 훈련에 매진했다. 그리고 경기 당일 버스를 타고 이동했다.

첫 번째 선발로 나서는 이수민의 표정은 비장했다. 컨디션 또한 좋았는지 상대 타선을 상대로 7이닝 3실점 5삼진 2사사구로 역투를 펼쳤다. 그 결과 부산 제일고는 7 대 3으로 기분 좋은 승리를 했다.

이틀 후 3라운드에 나서는 투수는 바로 구현진이었다. 구현진은 야율고를 상대로 7회까지 공을 던졌다. 김명환 감독은 나머지 두 이닝을 급성장을 보여준 2학년 송일섭에게 맡겼다.

하지만 송일섭의 투구는 들쭉날쭉하며 안정적이지 못했다. 삼진을 잡거나 아니면 볼넷으로 주자를 내보내는 상황이 반복되었다. 한마디로 구위는 좋았으나 제구가 엉망이었다.

결국, 삼진, 볼넷, 삼진, 볼넷 그리고 또다시 볼넷! 2아웃 만루 상황까지 갔다.

"와, 미치겠네. 저 새끼 심장 쫄깃쫄깃하게 하는 데는 일가견이 있네."

구현진은 지켜보며 심장이 오그라지는 느낌을 받았다. 하지만 결국, 송일섭은 마지막 타자를 삼진으로 잡아내며 부산 제일고의 4라운드 진출을 지켜냈다.

그런데 문제는 4라운드였다. 인훈고를 상대로 조정훈이 초반에 3실점을 한 것이었다. 그 뒤로 점수는 주지 않았지만, 부산 제일고 타자 역시 점수를 뽑지 못했다.

그렇게 질질 끌려가던 7회 말 2사 만루인 상황에서 3번 타자 석정우가 공을 때렸다. 모두 홈런을 예상했지만, 펜스 상단에 맞고 떨어지는 싹쓸이 2루타를 때려냈다.

순식간에 동점이 되었다. 그리고 부산 제일고의 4번 타자 한동희가 상대 팀 투수의 멘탈이 흔들린 틈을 노려 초구부터 강하게 공을 때렸다.

공은 유격수 강습타구가 되었다. 그런데 상대 팀 유격수가 알까기를 하면서 석정우가 홈에 들어와 4-3 역전을 만들었다.

결국, 9회 초 마무리 김창식이 나와 깔끔하게 막고 준결승전에 진출했다. 이날만큼은 모두 아슬아슬한 점수 차이로 고생했다.

부산 제일고의 준결승 상대는 포항 우수고였다. 경기에 앞서 이수민이 구현진에게 말했다.

"현진아! 걱정하지 마라! 내가 꼭 널 결승전에 데리고 갈게. 잘 지켜봐라."

이수민은 호언장담했다. 솔직히 미덥지는 않았지만, 구현진은 이수민을 응원했다. 그 응원이 통했던 것일까. 이수민이 인생 투를 펼치며 포항 우수고를 7이닝 무실점으로 틀어막았다.

이를 악물고 눈에 독기를 품은 것이 꼭 '반드시 이기겠다'라고 말하는 듯했다. 말 그대로 이수민에 대한 평가가 달라지는 경기였다. 인터넷 기사에서도 이런 문구가 떠올랐다.

[이수민 투수의 재조명! 7이닝 동안 무실점 역투!]

이수민은 그 기사를 보고 연신 웃음꽃을 피웠다. 무엇보다 자신이 구현진에게 했던 약속을 지켰다는 것에 뿌듯해했다.

또한, 프로구단에서도 이수민에 대해 놀라고 있었다. 아니, 모두를 당황스럽게 만들었다.

"이수민이 저 정도였어?"

"그렇다면 이거 다시 생각해 봐야겠는데?"

모든 구단이 일제히 이수민에 대한 평가를 다시 시작했다. 대통령배 마지막 결승전은 지난 청룡기 8강전에서 맞붙었던 최강 광주북고였다.

다행인 건 광주북고 에이스 이해민이 결승전에 나오지 않는다는 것이었다. 일단 1차 지명에 뽑혔고, 그 후로 메이저리그에 가니 마니 약간 떠들썩한 상태였다.

그러나 4번 타자 황용수는 나왔다. 황용수는 구현진에게 복수를 다짐하며 이를 갈고 있었다. 하지만 구현진은 황용수와의 리턴매치에서 또다시 승리를 거두었다.

황용수는 구현진의 공을 전혀 건드리지 못했다. 스윙 메커니즘이 무너지며 황용수는 대패했다.

거기에 이번 대회를 통해 물이 오른 석정우의 방망이가 불을 뿜었다. 홈런 포함 5타수 3안타를 때려내며 부산 제일고의 공격을 주도했다.

특히 장만호가 마지막 대회. 그것도 결승 경기에서 커리어 하이를 찍었다. 홈런 포함 5타수 4안타 3타점으로 부산 제일고의 승리에 크게 기여했다. 특히 결승 홈런의 주인공이 되었다.

결국, 타자들의 지원을 받은 구현진은 광주북고와의 재대결에서 또다시 9이닝 무실점 경기를 펼치며 승리를 거두었다. 그리고 최고 투수상과 MVP를 거머쥐며 최고의 주가를 올렸다.

[구현진! 최강 광주북고와의 리턴매치에서 승리!]

[구현진! 자이언츠에게 157㎞/h 위력 과시!]

[구현진! 메이저리그 구단들 눈독 들여!]

자이언츠의 팬들도 난리가 났다. 자이언츠 포털사이트는 그야말로 팬들의 댓글 폭탄이 이어졌다.

ㄴ이런 멍청한 자이언츠 프런트! 내가 구현진 뽑으라고 그랬지!

ㄴ아무튼, 또라이들만 있다니까. 수뇌부가 저 모양 저 꼴이니 자이언츠가 우승을 못 해요!

ㄴ야, 어이! 단장은 당장 사직하라!

ㄴ멍청한 놈들아! 예전에 유현진도 놓치더니, 구현진도 놓치네!

ㄴ아주 지랄 발광들을 해요. 아휴, 답답이들!

ㄴ구현진 씨팔! 대박이다. 157㎞/h까지 나왔다. 이봐, 자이언츠! 저거 봤어? 봤냐고!

자이언츠 수뇌부들도 당황했다. 그 즉시 구현진 집으로 관계자를 보냈다.

"현진이 아버님! 현진이 다른 데 보내는 거 아니죠? 자이언츠 와야죠."

"아니, 그럴 거면 1차 지명에서 뽑았어야지. 왜 지금에 와서 난리요."

"그건 말입니다. 아버님……."

"아, 됐고! 난 우리 아들 누가 데려가든 신경 안 씁니다."

아버지가 단호하게 말했다. 그럴수록 자이언츠 관계자의 표정은 굳어졌다.

"어차피 먼저 데려가는 사람이 임자 아닙니꺼!"

"아이고, 아버님! 무슨 그런 섭한 말씀을……."

따르릉! 따르릉!

아버지 핸드폰으로 전화가 왔다.

"아, 전화 왔네요. 어라? 위즈네."

"네? 위즈요?"

자이언츠 관계자의 눈이 커졌다. 아버지는 헛기침을 한 번 한 후 전화를 받았다.

"아, 여보세요?"

-사랑합니다, 고객님! 저희 KT에서는 고객 감사의 차원에서 무료로 인터넷을…….

"아, 위즈 부장님이십니까? 저희야 물론 관심이 있습니다. 그럼요."

-네? 고객님. 관심이 있으시다고요?

"하모요. 관심이 있다마다요."

-그럼 고객님 먼저 집 주소가 부산…….

"네, 거기 맞습니다. 조만간 찾아오겠다고요?"

-네, 고객님! 직접 방문해서 설치하겠습니다. 언제 가능하시겠습니까?

"내일 당장에라도 좋은데요."

그 말을 들은 자이언츠 관계자는 낯빛이 어두워졌다.

"아이고, 아버님! 이러시면 안 됩니다. 아버님, 아버님!"

자이언츠 관계자는 옆에서 안절부절못했다.

"아버님 위즈에서 뭐라고 하던 저희가 똑같이 드리겠습니다."

그러자 아버님이 잠시 전화기를 막고 물었다.

"얼마 줄 낀데요?"

"3억 드리겠습니다."

"3억요? 잠시만요."

아버지가 다시 전화를 받았다.

"얼마 줄 수 있는데요."

-아, 네에. 저희는 현금 35만원에 20만원 상당의 상품권을 드리겠습니다.

"아, 그래요? 잠시만요."

아버지가 다시 자이언츠 관계자를 보았다.

"이쪽은 3억 5천 준다고 하는데요."

"아이고 아버님! 맞춰 드리겠습니다. 그러니 제발 전화 좀!"

자이언츠 관계자는 똥줄이 타는지, 거의 울먹이며 말했다. 아버지는 잠시 생각을 하더니 그냥 그대로 전화를 끊었다.

"자, 끊었죠? 그럼 다시 한번 얘기해 볼까요?"

아버지가 피식 웃었다. 자이언츠 관계자도 어색하게 웃으며 아버지를 바라보았다.

12장
결정

I.

2018년도 신인 드래프트 날이 밝아왔다.

어제저녁 박동희와 함께 서울로 올라온 구현진은 그가 미리 잡아둔 호텔에서 하룻밤을 보냈다.

구현진은 간단히 조식을 먹고 어제 박동희가 구해준 정장을 차려입었다. 매일 운동복만 입다가 정장을 입으니 조금 어색했다.

호텔을 나서니 박동희가 미리 차를 대기시켜 놓았다.

"잘 잤어요?"

"그냥 자는 둥 마는 둥 했어요."

"옷은 어때요? 제가 눈대중으로 준비해 놓은 건데."

"딱 좋아요. 그런데 조금 어색하네요."

"하하, 하긴 운동복만 입다가 정장을 입으니 좀 그렇죠?"

"네."

"하지만 이제 정장도 익숙해져야 해요. 프로에 가면 정장 입을 날이 많아지거든요."

"알겠습니다."

"어디 봐요. 역시 옷걸이가 좋으니 핏이 사네요."

"감사합니다."

"그럼 가볼까요?"

"네."

구현진이 차에 올라타고 곧바로 박동희도 운전석에 올라탔다.

"출발하겠습니다."

"네."

차가 호텔을 출발하고 얼마 가지 않아 구현진이 물었다.

"어디서 열려요?"

"양재동 W 호텔 와일드 블룸에서요. 매년 거기서 열리고 있어요."

"아하! 그렇구나."

구현진이 고개를 끄덕이며 차창 쪽으로 시선이 갔다. 올림픽 대로를 타고 차가 신나게 달리고 있었다. 63빌딩과 한강이

한눈에 들어왔다.

"떨리세요?"

박동희가 물었다.

"조금요?"

"편안한 마음으로 국내 지명 한번 받아보죠."

"만약에 국내에서 엄청 좋은 조건을 제시한다면 어떻게 해요?"

"그건 그때 가서 생각해 보죠. 아직 일어나지도 않은 일 가지고 고민하지 말자고요."

"아, 네에……."

"그리고 솔직히 메이저리그 구단이 대한민국에 비해 많은 돈을 주는 것은 아닙니다. 100만 달러나 120만 달러를 보면 많아 보이지만, 딱 거기까지입니다. 하지만 국내는 다릅니다. 기본적으로 장비도 지원해 주고 숙소며, 생활 편의를 많이 봐줍니다."

"그럼 국내에 있는 게 나은 거네요."

"메이저리그 구단은 계약금으로 끝이죠. 메이저리그로 올라가기 전까지는 모든 것을 혼자 해결해야 합니다. 물론 주급이 따로 나오지만, 하위 리그에서는 그것만으로는 생활이 조금 버겁습니다. 하지만 메이저리그에 올라가면 모든 게 달라집니다. 그러니 다들 메이저리그에 올라가려고 발버둥 치는 거고요."

박동희의 말을 듣고 구현진은 어느 정도 현실을 깨달았다.

"그래도 메이저리그에 도전해 보는 것도 나쁘지는 않겠죠?"

"그럼요. 야구를 하는 사람이라면 누구든 한 번쯤은 도전해 보고 싶은 곳이죠."

"하지만 지금은 국내 드래프트가 먼저라는 거죠?"

"일단은 신인 드래프트 상황을 살펴보고 정말 좋은 조건으로 제시하는 구단이 있다면 생각해 보자는 것이죠."

"네, 알겠어요."

"그래요."

그때 구현진의 핸드폰이 울렸다.

지잉!

"누구지?"

구현진이 핸드폰을 확인했다. 문자가 와 있었는데 발신자는 장만호였다.

-야, 나 도착했다. 어디냐?

-나도 거의 다 도착했어. 먼저 올라가서 자리 잡아.

-오야. 빨리 와라.

-그래.

"누구예요?"

"만호 녀석요. 지금 도착했다네요."

"아, 만호 선수. 잘 도착했나 보네요."

"그러게요. 어제 같이 가자고 했는데, 새벽에 KTX 타고 올라온다고 하더니……. 잘 찾아왔나 봐요."

"그러게요. 왜 같이 안 올라왔어요?"

"제가 어떻게 알겠어요."

구현진은 가볍게 한숨을 내쉬며 고개를 차창으로 향했다. 말은 저렇게 했지만 왜 안 왔는지 눈에 뻔히 보였다. 분명 이순정 때문일 것이다.

"내가 너무 일찍 연결해 줬나? 슬슬 외로워지려 하네."

구현진의 중얼거림을 들은 박동희가 곧바로 물었다.

"네? 뭐라고 하셨어요?"

"아, 아닙니다. 저 혼잣말이에요."

"네에, 이제 도착했네요."

박동희와 구현진이 탄 차가 W 호텔에 도착했다.

"로비에서 잠시 기다려 주세요. 주차하고 바로 갈게요."

"네, 알겠습니다."

구현진이 내리고 로비에 들어갔다. 로비에는 많은 사람이 모여 북적이고 있었다. 방송국 사람들이며 기자들도 많았다. 그중 한 기자가 구현진을 발견했다.

"어? 구현진 선수?"

구현진에게 곧바로 다가갔다.

"안녕하세요. 혹시 구현진 선수 아니세요?"

구현진은 갑자기 다가온 한 남성을 약간 경계했다.

"네. 그런데…… 누구세요?"

"네. 전 스포츠 채널에 최우식 기자입니다. 실례가 안 된다면 몇 가지 질문을 해도 될까요?"

"잠시만요."

"잠깐이면 됩니다."

말로는 정중히 양해를 구했지만 이미 수첩과 녹음기까지 꺼내 든 최우식 기자였다. 구현진은 당황한 듯 입구 쪽을 바라보며 박동희가 오기만을 기다렸다.

그때 최우식 기자의 질문이 들어왔다.

"이번 신인 드래프트에 참가하신 거로 알고 있습니다. 혹시 원하시는 구단이 있습니까?"

"아직은 잘……."

"그럼 1라운드 몇 순위로 뽑힐 것이라 예상하세요?"

"그것도 잘……."

구현진은 선뜻 답을 주지 못했다. 과거에도 인터뷰했던 경험은 있지만, 워낙 까마득한 일이다 보니 기습적인 인터뷰가 낯설기만 했다.

최우식 기자는 그런 구현진이 도망치지 않게 계속해서 몰아붙였다.

“소문에는 자이언츠에서 접촉했다고 들었는데, 사실입니까? 사실이면 구체적으로 계약금은 어느 정도 받을 생각입니까?”

“죄송합니다, 전 아직 잘 모릅니다.”

“왜 모르시죠? 구현진 선수께서 함께 계시지 않았나요?”

그때 최우식 기자 앞으로 갑자기 누군가 모습을 드러냈다. 바로 박동희였다.

“안녕하십니까? 저는 구현진 선수 에이전트 박동희입니다. 지금 구현진 선수와의 인터뷰는 저를 통해서만 해주시기 바랍니다. 그렇지 않은 인터뷰 내용은 올리지 말아주시기 바랍니다.”

“아니, 전 몇 가지만…….”

“최우식 기자님이라고 하셨죠? 스포츠 채널에.”

“네, 그렇습니다.”

“황기용 부장님 잘 계시죠?”

“황 부장님을 아세요?”

“그럼요. 잘 알고 있죠. 며칠 전에도 저랑 술 한잔하셨는데……. 나중에 제가 따로 인터뷰 날짜 잡겠습니다. 그때 하시죠.”

“꼭 부탁합니다.”

“그럼요.”

박동희는 최우식 기자와 얘기를 마친 후 서둘러 구현진을 데리고 엘리베이터로 향했다. 마침 엘리베이터가 1층에 도착해 있었다. 18층을 누른 후 박동희가 구현진에게 사과했다.

"죄송합니다. 괜히 난처하게 했습니다."

"아, 아니에요. 사과할 필요 없어요."

구현진이 손을 세차게 흔들었다.

"그래도 혼자 두는 것이 아니었는데……."

"괜찮다니까요. 그보다 이제 이런 일도 익숙해져야겠죠?"

"네, 아마도요."

박동희가 고개를 끄덕였다.

그때 엘리베이터 문이 열렸고, 둘은 와일드 블룸장으로 향했다. 이미 그곳에서 방송국 사람들과 기자들, KBO 관계자들이 분주히 움직였다.

그중 한 기자가 또다시 구현진을 발견하고는 소리쳤다.

"구현진이다. 구현진 선수가 왔어."

그때를 같이해 기자들이 일제히 구현진을 바라보았다.

구현진은 모든 이목이 자신에게 집중되자 살짝 부끄러웠다. 다행인 것은 기자들이 달려들어 서로 인터뷰를 하겠다고 나서질 않는다는 것이었다.

사전에 박동희가 막았기 때문이었다. 구현진은 일단 장만호를 찾았다. 먼저 도착한 장만호가 자리를 잡고 있었기 때문이었다. 이리저리 살피던 구현진은 장만호를 발견하고 그곳으로 갔다.

"만호야!"

장만호가 황급히 고개를 돌려 구현진을 확인했다.

"어? 왔나?"

"많이 기다렸지."

"시간 가는 줄도 몰랐다. 근데 옆에 분은?"

장만호가 박동희를 보며 물었다. 그러자 구현진이 피식 웃었다. 지금은 에이전트라고 밝히기에는 좀 그랬다.

혹여 벌써 에이전트를 두냐며 건방지다고 할까 걱정되었다. 물론 장만호가 그럴 친구가 아니라는 것쯤은 알았다. 하지만 당분간은 숨기고 싶었다.

"사촌 형이야."

구현진의 소개에 박동희가 센스 있게 말했다.

"안녕하세요, 현진이 사촌 형이에요."

"사촌 형이요?"

장만호가 고개를 갸웃하며 중얼거렸다.

"현진이한테 사촌 형이 있었나?"

하지만 그것도 잠시 곧바로 인사를 했다.

"안녕하세요. 장만호예요."

"네. 얘기는 많이 들었습니다."

박동희 역시 웃는 얼굴로 인사했다. 장만호가 갑자기 주위를 살폈다.

"왜? 누구 찾아?"

구현진이 묻자 장만호가 자리에 앉았다.

"아버지는?"

"아버지 이런 곳 싫어해."

"어? 맞나?"

장만호가 고개를 갸웃하더니 시선을 전방에 두며 잠깐 고민을 하는 듯했다. 그 모습을 본 구현진이 살짝 아버지에게 미안한 마음이 들었다.

'그냥 오시라고 할 걸 그랬나.'

아버지는 구현진의 첫 드래프트 장소에 무척이나 오고 싶어 했다. 하지만 구현진이 박동희와 가겠다며 아버지를 말렸고, 아버지는 무척 서운해하였다.

장만호가 잠깐 정면을 바라보다가 고개를 홱 돌렸다.

"현진아!"

"왜?"

"아버님이 진짜 싫다고 했나?"

"그, 그렇다니까! 왜?"

"아니, 그저께까지만 해도 여기 온다고 그렇게 좋아하셨는데."

장만호의 말을 듣고 구현진이 뜨끔했다.

"무슨 소리야. 아버지 엄청 싫어해."
"그래? 이상하네."
장만호는 다시 한번 고개를 갸웃했다.
"야, 이제 시작할 모양이네. 집중하자!"
"벌써? 시간이 그리됐나?"
장만호가 단상을 바라보았다.
이번 신인 드래프트는 지역 연고 관계없이 실시하며 홀수 라운드는 전년도 성적의 역순으로 진행한다. 그리고 짝수 라운드는 전년도 성적순으로, 각 구단이 1명씩 지명하며 최종 10라운드까지 진행된다.
이번 신인 드래프트 대상자는 고등학교 졸업 예정자 590여 명, 대학교 졸업 예정자 270여 명 및 해외 아마 야구 출신 등 기타 선수 10명을 포함한 870여 명이다.
10개 구단이 지명권을 빠짐없이 행사할 경우 총 100명의 선수가 이번 드래프트를 통해 지명받게 된다.
잠시 후 중후한 음악이 나오고 KBO 회장이 모습을 드러냈다. 단상에 서서 마이크를 부여잡았다.
"2018년도 KBO 드래프트에 오신 각 구단 관계자들과 기자, 방청객분들을 환영합니다. 지금 이 순간이 우리 선수들에게는 정말 흥분되는 순간일 겁니다. 각 구단은 물론이고 KBO를 사랑해 주시는 모든 팬 여러분도 마찬가지일 겁니다. 2018년도 시즌은 지금부터 시작되는 것입니다. 2018 KBO 드래프트 개막을 공식적으로 선포합니다."

KBO 회장의 공식 선언과 함께 드래프트가 시작되었다. 그 때부터 각 구단의 전쟁이 시작되었다. 각 구단의 스카우터들은 두툼한 자료를 바탕으로 다시 한번 점검에 들어갔다.

"위즈는 누굴 뽑을까?"

"위즈는 당연히 우용수겠지. 그 지역에 유망주 한 명 더 있었잖아!"

"아, 우용수! 하긴 우용수도 괜찮지."

기자단은 벌써부터 각 구단의 지명 순위를 유추해 내고 있었다. 몇몇 기자는 위즈가 아직 선수를 뽑지 않았는데도 기사를 타이핑하고 있었다. 사회자가 마이크를 받아 1차 지명권을 가진 구단을 호명했다.

"1라운드 지명권을 가진 위즈부터 시작하겠습니다."

위즈의 스카우터 담당자가 마이크를 잡았다. 그는 서류를 찬찬히 살펴보더니 입을 열었다. 모두의 시선이 위즈의 스카우터 담당자에게 꽂혔다.

"저희 위즈는 1라운드 지명으로 경찰청 투수 이대근 선수를 지목하겠습니다."

"뭐? 이대근?"

"가, 가만 왜 이대근이야? 우용수 아니야?"

“위즈가 라이온즈 선수를 가로챘어! 이게 어떻게 된 거지?”

“우용수에게 무슨 문제라도 있나?”

“이거 정말 위즈가 왜 그러지?”

위즈의 관계자들은 성공했다는 듯 씨익 웃었다.

라이온즈 단장과 스카우터 담당자도 놀라기는 마찬가지였다. 놀랐다기보다는 당혹스러웠다.

“젠장! 당했다! 다음 순서는 누굴 뽑아야 해? 누구야?”

단장이 소리쳤다.

스카우터 팀장을 필두로 스카우터들이 재빨리 자료를 찾기 시작했다. 다른 팀의 스카우터들도 분주히 움직였다.

라이온즈는 그야말로 혼돈에 빠졌다. 그들은 이대근을 데려올 것으로 계획하고 있었다. 그런데 위즈가 가로채 버렸다. 왜 그랬는지 그 이유를 몰랐다.

“제기랄! 누구냐고? 누굴 뽑아야 해.”

라이온즈 단장이 버럭 소리를 질렀다.

매스컴들도 위즈는 우용수를 뽑을 것이라 예상했다. 그 누구도 위즈가 이대근을 뽑을 것으로 생각지 않았다.

2018년 드래프트가 열리는 와일드 블룸이 웅성거리기 시작했다. 각 구단은 위즈의 돌발행동에 대응하기 위해 스마트폰을 꺼내 분주히 움직였다.

오히려 여유로운 쪽은 위즈였다. 이대근을 1라운드에 뽑고 차분히 2라운드를 준비하고 있었다.

사실 위즈는 처음부터 이대근을 노리고 나왔다. 1차 지명 무렵 위즈는 1순위였던 우용수 선수의 부상 사실을 확인하였기 때문이다.

팔꿈치 부상이었는데 통증을 참고 던졌던 것이 화근이었다. 부상은 점점 악화되었고, 위즈는 1차 드래프트 직전, 우용수가 수술이 불가피하다는 사실을 포착해냈다.

결국, 위즈는 차선책으로 이대근을 지목했다. 반면 이대근은 라이온즈에 가길 원했다. 라이온즈 프론트와 이미 계약금에 관한 이야기도 주고받았고 사실상 기정사실이 된 상태였다. 그런데 위즈가 가로챈 것이다.

그 이후로 2018년 KBO드래프트는 혼란의 연속이었다. 라이온즈도 원래 계획을 대폭 수정했다. 라이온즈 스카우터 담당자가 마이크를 잡았다.

“저희 라이온즈에서는 부산 제일고 구현진 선수를 지명하겠습니다.”

그 순간 또다시 장내가 웅성거리기 시작했다.

오히려 더 놀란 것은 구현진이었다. 구현진은 라이온즈가 자신을 호명하자 뜬금없다는 듯한 표정을 지었다.

“나?”

구현진은 당황했다. 옆에 앉은 박동희도 당혹스럽기는 마찬가지였다.

"라이온즈가 왜?"

구현진뿐만이 아니었다. 모두 의외라는 반응이었다.

그 후로 드래프트는 뺏고 빼기는 난장판이 되었다. 급기야 각 구단 스카우터끼리 고성이 오갔다. 그도 그럴 것이 드래프트에도 상도덕이 있었다.

그들끼리 알게 모르게 정보를 공유하며 선수들이 안 겹치게 했었다. 그런데 그 룰을 깨뜨린 곳이 바로 위즈였다. 그 뒤로 너도나도 할 것 없이 마구잡이로 선수들을 뽑아갔다.

그런 모습들이 기자들에게는 아주 좋은 먹잇감이었다. 때때로 각 구단이 선택한 선수들, 뒤로는 '위즈의 배반'과 '반전에 반전을 거듭하는 드래프트'라는 제목의 기사가 올라갔다.

이 모든 상황이 실시간으로 인터넷 뉴스에 중계됐다. 그 후로 네티즌끼리 일대 공방이 펼쳐졌다.

ㄴ배신자 위즈! 아무리 그래도 상도덕이라는 게 있는데.

ㄴ왜 위즈가 배신자임? 어차피 1순위가 위즈고 좋은 선수 뽑아가는 것이 당연한 거 아니야? 그걸 왜 배신자라고 그러지?

ㄴ이봐요, 이대근은 원래 라이온즈에서 데려가려고 했던 선수거든요.

ㄴ그래서 뭐? 이게 정상 아냐? 아, 우리가 이대근 데려가려고 하니

까 건들지 마셈! 뭐 이런 거임? 말도 안 되는 소릴 하고 있어.

└올해 드래프트는 아주 재미있더만! 매년 드래프트가 이랬으면 좋겠네.

아버지는 인터넷으로 뉴스를 확인하며 댓글을 봤다.

"니들이야 재미있지!"

아버지는 잔뜩 찡그린 얼굴로 인터넷 창을 내렸다.

"하아, 미치겠네……."

아버지가 괴로워하고 있을 때 구현진이 들어왔다. 구현진의 어깨도 축 늘어져 있었다. 아버지는 곧장 들어온 구현진에게 갔다.

"라이온즈라메?"

"네."

"왜 하필 라이온즈고, 자이언츠가 아니고!"

"저도 모르겠어요."

"애비는 라이온즈 별론데."

"저도 별로예요."

"그나저나 라이온즈는 얼마 준다고 하대?"

아버지가 본격적으로 물었다. 그러나 구현진은 고개를 가로저었다.

"몰라요. 벌써 얘기했겠어요? 에이전트 형이 일단 만나보겠죠."

"거참, 내가 자이언츠랑 얘기 다 해놨는데……. 에잇! 헛짓했네, 헛짓했어."

아버지는 고개를 절레절레 흔들며 안방으로 들어갔다. 구현진도 피식 웃으며 자신의 방으로 갔다.

다음 날.

구현진은 박동희와 함께 대구로 향했다. 오늘 라이온즈 2군 구장에서 계약과 관련된 얘기를 듣기 위함이었다.

물론 아버지도 함께 가겠다고 했지만, 구현진이 말렸다. 아버지의 성격상 계약 관련 이야기가 오가면 역정을 내실 게 뻔했기 때문이다.

"오늘 가서 계약하는 것은 아닙니다. 그저 얘기를 들어보러 가는 길이니까, 부담 갖지 마세요."

"네, 알고 있어요."

부산에서 출발해 2시간 만에 라이온즈 2군 구장에 도착했다. 입구에는 2014년 우승 엠블럼이 떡하니 걸려 있었다. 먼저 우측 경비실에 얘기한 후 다시 차를 타고 주차장으로 향했다.

"자, 도착했습니다."

박동희가 서류가방을 챙겨 들고 차에서 내렸다. 구현진이 뒤따라 내린 후 주위를 두리번거렸다. 우리나라 대기업에서 후원하는 팀답게 2군 구장인데도 어마어마했다. 그런 구현진의 모습을 본 박동희가 피식 웃었다.

"나중에 둘러볼 기회가 있을 겁니다. 일단 관계자분을 먼저 만나러 가죠."

"아, 네에."

박동희를 따라간 곳은 필승관이었다. 경비실을 통해 보고를 받았는지 1층에 손제훈 부장이 나와 있었다. 서글서글한 눈빛에 배가 볼록하게 튀어나온 사람이었다.

"아, 어서 오십시오. 반갑습니다."

손제훈 부장이 환한 미소로 먼저 악수를 청했다. 박동희도 인사를 했다.

"네, 안녕하세요. 구현진 선수의 에이전트, 박동희라고 합니다."

박동희가 품에서 명함을 꺼내 내밀었다.

"그러시군요. 구현진 선수! 반갑습니다."

"아, 안녕하세요."

구현진도 인사를 했다.

"일단 올라가시죠."

세 사람은 2층 회의실로 들어갔다. 차를 시킨 후 손제훈 부장이 미소를 지으며 물었다.

"구현진 선수, 2군 구장 어때요?"

"자세히 둘러보지는 않았지만, 일단은 시설이 좋네요."

"그렇죠? 우리나라에서 선수 육성에 있어서 최고로 치는 곳이 바로 이곳, 경산 볼파크입니다. 구현진 선수도 여기서 2년? 3년? 아마 제가 생각하기에는 2년 정도만 부지런히 갈고닦으면 주전 자리를 차지할 수 있을 것 같습니다."

"2년이요?"

구현진은 그 2년이 아득하게만 느껴졌다. 그러자 손제훈 부장은 그런 구현진의 의중을 눈치채고 피식 웃었다.

"2년이 길어 보여요? 역시 젊은 사람은 다르군요. 2년 금방 갑니다. 어차피 2년 동안 놀고 있는 것도 아니고, 퓨처스 리그가 있으니까요. 거기서 충분히 자신의 기량을 발휘할 수 있을 겁니다."

손제훈 부장의 말을 들은 구현진은 마음이 싱숭생숭했다. 그러자 박동희가 곧바로 본론으로 들어갔다.

"손 부장님, 바로 시작하죠."

어차피 오늘은 그냥 얘기를 들어보려고 온 것이었다. 일단은 서로가 무엇을 원하는지 알아보는 것이 우선이었다. 손 부장이 먼저 입을 열었다.

"저희 라이온즈에서 제시할 수 있는 계약금은 1억 5천입니다."

구현진이 그 말을 듣고 당황했다.

"1억 5천이요?"

구현진이 원하는 계약금은 아니었다.

"아니, 제가 듣기에는 이대근 선수한테는……."

그러자 박동희가 나서서 제지했다.

"구현진 선수?"

"네?"

"제게 맡겨주세요."

"아, 네."

박동희가 미소를 지으며 손제훈 부장을 보았다.

"1억 5천은 좀 적은 것 같습니다."

"하지만 현재 드래프트 추세로 보면 딱 적당한 계약금입니다."

그러면서 구현진에게 시선이 갔다.

"아까 이대근 선수라고 말씀하셨죠? 이대근 선수는 즉시 전력감에 이미 일본 프로야구를 뛰다가 온 선수입니다. 그런 선수에게 계약금 5억은 충분하죠."

"그렇다고 구현진 선수가 이대근 선수보다 못하다고 생각지는 않습니다."

"그건 에이전트 생각이시고요. 저희가 객관적으로 판단한 결과에 따르면 이대근 선수는 이미 프로선수나 다름이 없습니다. 한마디로 검증된 선수라는 겁니다. 하지만 구현진 선수는 2~3년 정도는 키워야 하지 않습니까? 아시겠지만 우리는 정말 많은 유망주를 키워왔습니다. 그런데 살아남은 사람이 별로 없어요. 전 구단이 마찬가지입니다. 유망주라고 키우면 쑥쑥 크는 선수가 있는 반면에, 더 이상 성장을 하지 않는 선수도 부지기수입니다. 그런 유망주들에게 시합도 없이 계약금을 많이 주기에는 좀 그렇습니다. 솔직히 메이저리그나 일본은 계약금은 적은 대신 연봉이 높지 않습니까? 실력만큼 돈을 버는 것입니다. 저희 라이온즈도 그런 시스템으로 점점 바뀌고 있습니다."

손제훈 부장이 잠시 말을 끊었다. 그러다가 살짝 눈치를 살피더니 조심스럽게 말했다.

"사실 모기업 문제로 금전적인 부분에 대해서 조금 짜진 것은 사실입니다."

손제훈 부장이 구현진을 바라보며 나직이 말했다.

"금액이 맘에 들지 않죠?"

"아, 네에. 솔직히 기대했던 것보다는요."

구현진도 솔직하게 말했다.

"음……. 얼마를 기대하셨는지 모르겠지만, 기대만큼은 못 맞춰줍니다. 그래도 뭐, 1라운드에 뽑히셨으니까. 우리가 다른 곳에서는 어떻게 주는지 알아보고 소폭 올려 드릴 수는 있습니다. 하지만 자이언츠에서 들었던 만큼은 안 될 것입니다."

박동희와 구현진의 눈이 커졌다.

"알고 있었습니까?"

구현진이 깜짝 놀라며 말했다. 그러자 손제훈 부장이 웃었다.

"하핫! 판이 좁다 보니 알게 모르게 정보가 돌고 돕니다. 에이전트분도 어느 정도는 알고 계시지 않습니까?"

손제훈 부장의 물음에 박동희가 가볍게 고개를 끄덕였다.

"하지만 구현진 선수의 기록을 보시면 지금 당장 1군에 올라가도 충분히 제 기량을 펼칠 선수라는 것은 아실 텐데요?"

"하하하, 그것 또한 에이전트 생각이시고요. 문제는 기록이 3학년 때뿐이라는 것입니다. 그리고 부상 때문에 2학년을 통째로 날려서 꾸준함을 증명할 수도 없잖아요."

"부상은 충분히 완치되었습니다. 게다가 꾸준함과 성실함은 재활훈련 과정을 보면 충분하다고 판단됩니다."

"그건 저희 구단에서 메디컬 테스트를 받아보면 알겠죠."

손제훈 부장도 밀리지 않았다. 박동희 또한 물러설 기미가 보이지 않았다.

"어쨌든 1라운드 전체 2순위로 구현진 선수를 뽑았지 않습니까. 그럼 그에 대한 대우는 해주셔야죠."

"이 정도면 충분한 대우가 되었다고 판단됩니다만……."

순제훈 부장의 말에 박동희는 입을 다물었다. 그때 무심코 구현진이 낮은 목소리로 중얼거렸다.

"그럼 자이언츠에서 데려가도록 그냥 두지……."

손제훈 부장이 그 말을 듣고 약간 씁쓸한 표정을 지었다. 박동희가 구현진의 팔을 두드렸다.

"네에?"

박동희가 슬쩍 구현진 귓가에 대고 조용히 말했다.

"오늘은 그냥 분위기만 살펴보자는 취지니까. 너무 흥분하지 마세요."

"아, 죄송합니다. 저도 모르게 그만……."

"괜찮아요. 잘하셨어요. 여기서부터는 그냥 저에게 맡겨주세요."

"아, 네에……."

박동희가 구현진과 귓속말이 끝나고 가볍게 고개를 끄덕였다.

"알겠습니다. 그럼 저희가 한 가지 묻겠습니다."

"말씀하세요."

"구현진 선수의 어떤 면을 보시고 선택하게 되었습니까?"

"한마디로 가능성입니다. 구현진 선수를 저희가 2~3년만 잘 가르친다면 라이온즈의 프랜차이즈 스타가 될 자격이 충분하다고 판단했기 때문입니다."

"아, 그렇군요. 말씀 감사합니다."

"어떻게 하시겠습니까?"

"저희도 고민을 좀 해보겠습니다."

"그렇게 하시죠. 어쨌든 저희도 곧바로 계약서에 도장을 찍을 거라고는 생각지 않았습니다. 충분히 생각해 보시고, 연락 주십시오."

"네, 알겠습니다. 그럼!"

박동희가 인사를 하고 자리에서 일어나려는데 손제훈 부장이 물었다.

"그런데 아버님께서는 안 오셨네요."

"예?"

"구현진 선수 아버님께서 협상의 달인이라고 들었어요. 내가 한번 허심탄회하게 얘기를 나눠보고 싶었거든요. 안 오시니 조금 아쉽네요."

"저희 아버지가요?"

구현진이 놀란 눈이 되었다.

"하하하, 그렇다고 하더군요. 뭐, 다음에 오실 때는 아버님도 같이 만나 뵈면 좋겠습니다."

"기회가 된다면요. 그럼."

박동희가 자리에서 일어났다. 구현진도 덩달아 일어났다. 손제훈 부장도 일어나 악수를 청했다.

"다음에 볼 때는 서로 좋은 결과로 만났으면 하는 바람입니다."

"저도 마찬가지입니다."

서로 인사를 나누고 밖으로 나왔다.

구현진은 주차장으로 가는 길에 잠시 운동장으로 향했다. 오후의 따가운 햇볕이 내리쬐고 있었다. 운동장 시설을 확인하자 절로 탄성이 나왔다.

"이야, 역시 시설이 좋네요. 운동장도 천연잔디로 쫙 깔아놓고요."

"그렇죠. 물론 자이언츠도 좋은 2군 구장을 가지고 있어요. 다른 구단들도 발 빠르게 준비 중이고요."

구현진의 말에 박동희가 덧붙여서 설명했다. 구현진은 발걸음을 옮기며 이리저리 구경했다. 운동장 뒤편 그늘진 곳에 선수들이 나와 더위를 식히고 있었다. 그중 몇몇 선수는 구현진도 익히 알고 있는 선수였다.

"앗, 조현제 투수다."

조현제는 라이온즈의 불펜 핵심 투수로 부상자 명단에 올라 이곳에서 치료하고 있었다. 그 외 땀을 흘리며 연습하고 있는 선수들을 둘러보고는 서둘러 주차장으로 돌아왔다.

구현진은 차를 타고 부산으로 내려가면서 한숨을 내쉬었다.

"하아……."

"왜요? 생각했던 것보다 적은 금액이라 실망했죠?"

"아, 아뇨."

구현진이 애써 부정했지만 사실이었다. 박동희도 그 점을 알고 있기에 피식 웃었다.

"그래서 구현진 선수는 어떻게 했으면 좋겠어요?"

"글쎄요. 잘 모르겠어요. 어떻게 할까요?"

"솔직히 말해서 라이온즈의 인프라가 좋긴 합니다. 하지만 라이온즈는 젊은 선수들이 치고 올라오는 추세입니다. 이미 자리를 잡은 선수도 있지요. 2, 3년 뒤에 무슨 일이 벌어질지 아무도 모르는 일입니다. 구현진 선수에게 기회가 갈 수도 있고, 안 갈 수도 있습니다. 여차하면 구현진 선수에게 군대를 다녀오라고 할 수도 있습니다. 그리된다면 25살이 넘어서야 프로에 들어설지도 몰라요. 그렇게 따져보면 차라리 대학에 가는 것도 현명한 생각일 것입니다. 물론 계약금을 떠나서 돈 문제가 아니라면 말이죠. 어차피 대학 가도 해외 진출에 아무런 걸림돌이 되지 않으니까요."

"그보다 미국에서는 소식이 없나요?"

"제가 지금 조율 중이긴 한데 만족할 만한 결과는 아직이네요."

"아, 그래요?"

구현진도 아쉬워했다.

지잉! 지잉!

그때 박동희의 스마트폰이 울렸다.

"전화 왔네요."

"아, 그래요? 제가 지금 운전 중이라서요. 누구한테 왔는지 알아봐 주시겠어요?"

"네에."

구현진이 스마트폰을 들었다. 그리고 화면에 발신자 표시를 확인했다.

"제레미…… 뭐라고 적혀 있는데요?"

"아아아아, 맞다. 제가 받을게요. 이건 받아야 해요."

박동희가 다급하게 차를 도로 옆으로 가서 세웠다. 비상 깜빡이를 켜고 스마트폰을 들었다.

"방금 꺼졌는데요."

"괜찮아요. 제가 바로 전화를 걸면 돼요."

박동희가 재빨리 부재중 번호로 전화를 걸었다.

"하이, 제레미! 네? 여기로 온다고요? 진짜요? 아, 알았어요. 바로 준비할게요. 네, 네. 알겠어요. 사흘 뒤에 봐요, 고마워요."

박동희가 전화를 끊었다. 그의 표정은 다소 상기되어 있었다.

"누군데요?"

구현진이 물었다. 그러자 박동희가 고개를 돌려 환한 얼굴로 말했다.

"사흘 뒤에 다저스에서 사람이 온다고 하네요."

"다저스에서요?"

"네, 스카우터 팀장이 직접 온다고 했어요."

"그럼 다저스랑 계약하는 거예요?"

구현진도 다소 상기된 표정으로 물었다. 그러자 박동희가 고개를 가로저었다.

"아직은 몰라요. 다저스 쪽에서 어떤 것을 들고 나왔는지 확인해 봐야죠."

"아, 그래요?"

"그래도 긍정적으로 생각해요. 그들이 직접 찾아온다는 것은 드문 일이니까요."

"알겠어요."

박동희의 말에 구현진이 고개를 끄덕였다. 박동희는 다시 차를 몰고 부산으로 향했다.

2.

집으로 돌아온 구현진은 곧장 아버지에게 호출을 당했다.

"어찌 됐노?"

"뭐가요?"

"라이온즈 말이다."

"그게요……."

구현진이 아쉬운 표정을 지었다. 그 모습을 보고 아버지도 대충 눈치챘다.

"와? 얼마 안 준다고 하더나?"

"네, 1억 5천 준대요."

"뭐라고? 1억 5천! 이런 미친! 됐다, 거 가지 마라!"

아버지는 불같이 화를 내며 역정을 내셨다.

"일단 다음에 또 만나서 얘기하기로 했어요."

"치아라 마! 라이온즈는 됐다! 차라리 대학이나 가든지, 외국에나 나가라."

아버지의 말에 구현진이 피식 웃었다.

"그건 에이전트가 다 알아서 해요. 걱정하지 마세요."

"그래? 뭐, 그럼 됐고! 아무튼, 다시 생각해도 아깝단 말이야."

"뭐가요?"

"자이언츠 말이야. 내가 딱 말 다 맞춰놨거든. 자이언츠가 뽑을 필이었단 말이야. 그런데 라이온즈가 중간이 들어올 줄은 몰랐네."

"어쩌겠어요. 일이 이렇게 되었는데, 아무튼 저 좀 쉴게요."

"오야, 쉬라."

"네."

구현진이 방으로 향했다. 아버지는 자리에서 일어나 다시 컴퓨터 앞에 앉았다.

"어디 보자! 오늘은 또 어떤 기사가 올라와 있노."

3.

박동희의 사무실에 다저스 스카우터 팀장이 찾아왔다. 박동희가 반갑게 맞이했다.

"제레미! 어서 와요."

"미스터 박, 오랜만입니다."

두 사람은 환한 얼굴로 악수를 나누었다. 박동희는 곧바로 여자 직원에게 차를 주문했다.

"선영 씨, 차 좀 부탁해요."

"네, 대표님."

여자 직원이 나가고 박동희는 제레미를 소파에 앉혔다.

"앉으세요."

"네."

두 사람이 자리에 앉았다. 박동희가 먼저 입을 열었다.

"어떻게 한국까지 오게 되었습니까?"

"일본에 있다가 1차 드래프트를 했다고 들었습니다. 라이온즈에서 구현진 선수를 지명했다는 소식을 듣고 급히 날아왔습니다."

"아, 그러셨습니까?"

"그만한 모기업을 둔 라이온즈가 1차 지명을 했다면 분명 계약금도 상당하겠죠. 저야 박을 믿지만, 혹시나 해 찾아왔습니다."

제레미의 말을 듣고 박동희는 속으로 피식 웃었다.

'그 모기업이 요새 짠돌이가 되었습니다.'

이 말이 목구멍을 끝까지 올라왔지만 삼켰다.

"그보다 검토는 좀 해보셨습니까?"

제레미의 물음에 박동희가 옆에 있던 비서에게 물었다.

"다저스가 제안한 계약금이 얼마였지?"

"네, 계약금 85만 달러에 옵션 포함하면 100만 달러 정도 되는 거로 알고 있어요."

"그래?"

박동희는 살짝 눈을 찌푸렸다.

솔직히 적은 금액은 아닌데 아깝기는 했다.

2001년 유재학 선수가 컵스에 입단할 당시 160만 달러를 받고 입단했다. 그것이 무려 17년 전이었다.

그 정도는 아니더라도 140~150만 달러 정도는 받고 싶었다. 박동희는 심각한 얼굴로 고민했다. 그 모습을 지켜보던 제레미가 먼저 이야기를 꺼냈다.

"사실 일본에 있을 때 생각해 봤습니다. 제2의 유현진 선수가 될 가능성이 충분한 선수에 대한 대우로는 부족할 수 있겠다고. 그래서 다시 제안 드리는데…… 120만 달러는 어떻습니까."

"120만 달러요?"

박동희가 고개를 갸웃했다. 속으로는 '이왕 쓰는 김에 좀 더 쓰지.' 하는 바람이 있었다.

"어쨌든 신경 써주셔서 고맙습니다, 제레미."

"당연한 얘기겠지만, 마이너리그 거부권은 없습니다."

"물론이죠!"

"트레이드 거부권도 없습니다."

"당연합니다."

어차피 메이저리그는 시스템이 잘 짜여 있었다. 마이너리그에 몇 년 정도 있는 선수는 룰 5 드래프트라고 해서 서로 다른 구단에 보내야 하고, 5년이 지나면 계약이 소멸이 되었다.

그래서 구단은 2~3년 안에 선수가 쓸 만하다 싶으면 빨리빨리 키우고 아니다 싶으면 방출하거나 다른 구단에 팔아버린다. 그런 메이저리그의 시스템을 알기에 박동희도 빠르게 이해했다.

"솔직히 구단에서는 구현진 선수가 빨리 자리를 잡았으면 하는 바람이 큽니다."

"아, 그렇습니까?"

그러자 옆에 있던 비서가 박동희에게 말했다.

"다저스에 있는 유현진 선수가 내년에 계약이 종료됩니다. 다저스를 나올지 안 나올지는 모르겠습니다."

박동희가 고개를 끄덕였다.

"그럼 유현진 선수는?"

"유현진 선수와의 계약이 내년으로 끝이 납니다. 설사 계약이 잘된다고 하더라도 그에게 전성기 시절의 투구를 바랄 수는 없지 않습니까. 우리는 구현진 선수가 유현진 선수를 대체해 주길 바랍니다. 한인 팬들이 다저스를 사랑하는 만큼 빨리 결정을 내려주길 바랍니다."

"알겠습니다. 충분히 검토해 보고 연락드리도록 하겠습니다."

"그렇게 하세요. 내일 정도 미국으로 돌아가야 하니까. 내일 알려주면 고맙겠지만 안 되면 메일로라도 부탁드리겠습니다."

"그래요, 제레미. 좋은 결과를 알려드리겠습니다."

"네. 그럼!"

박동희는 제레미와 악수를 나눈 뒤 밖까지 배웅해 주었다.

다시 사무실로 돌아온 박동희는 깊은 한숨을 내쉬었다.

"후우, 이것 참……. 구현진 선수가 좋아할지……."

박동희는 구현진이 다저스의 제안을 어떻게 받아들일지 의문이었다. 구현진은 유현진을 친형이나 다름없는 멘토로 여겼다. 그런 그가 유현진의 대체 자원으로 지목된 것을 좋아할 리 없었다.

만약에 같이 뛴다면 너무 좋겠지만 아무래도 다저스 쪽에서는 유현진과의 재계약 가능성을 배제한 상태로 보였다.

"일단 얘기는 해봐야지."

박동희는 내일 구현진을 만나 상의해 볼 생각이었다.

그 시각.

구현진은 박동희의 전화를 받고 집에서 기다리고 있었다.

그때 깨톡에 울렸다.

깨톡! 깨톡!

"누구지?"

장만호가 구현진을 단체 방에 초대를 했다. 그곳에는 구현진, 장만호, 이순정, 박정임 이렇게 네 명이 있었다.

-장만호: 야, 구현진! 너 라이온즈에 갔다 왔다며!

-구현진: 어어, 그랬지.

-장만호: 그런데 왜 보고를 안 하노?

-구현진: 뭔 보고?

그러자 곧바로 이순정이 글을 올렸다.

-예쁜 순정: 뭐야, 진짜로? 계약했나?

-박정임: 현진아, 잘 다녀왔어?

-구현진: 그래, 잘 다녀왔어.

-박정임: 다행이네.

갑자기 올라오는 글에 구현진은 정신이 없었다.

-구현진: 야, 일단 계약은 안 했다!

-장만호: 맞나? 와? 계약금 짜게 불렀제? 얼마 준다더노?

-구현진: 1억 5천!

-장만호: 와! 짠돌이네. 그게 뭐꼬?

-박정임:1억 5천…….

-예쁜 순정: 헐! 1억 5천이라고? 이야. 여기서 억 단위를 들어보네. 대박이다.

-구현진: 아무튼, 난 라이온즈랑 계약 안 해. 그보다 장만호, 너는 어떻게 됐는데?

-장만호: 나? 나야 뭐…….

-예쁜 순정: 만호, 다이노스 간다! 아이 좋아라!

-장만호: 야, 가스나야! 내가 언제 간다고 했노?

-예쁜 순정: 와? 그래서 안 갈 끼가? 니 어차피 갈 데가 거기밖에 없잖아.

-장만호: 가스나! 정곡을 그렇게 꼭 찔러야겠나? 내가 진짜 미친다!

-예쁜 순정: 그게 팩트거든!

-장만호: 됐다. 아무튼, 난 생각 좀 해볼 끼다.

-예쁜 순정: 생각하고 자시고 할 게 뭐가 있노. 그냥 계약하는 거지.

-장만호: 고마, 됐다!

구현진은 깨톡 단체방에서 싸우는 두 사람을 보니 깊은 한숨이 나왔다.

"하아, 남은 심란한데……. 어쨌든 다이노스에 돼서 다행이다. 잘됐다, 장만호!"

구현진은 깨톡을 구경하면서 슬쩍 박정임에게 깨톡을 보냈다.

-구현진: 쟈들 둘이 또 싸운다. 이따가 내가 전화할게.

-박정임: 그래, 알았어.

구현진은 박정임과 깨톡을 나누고 난 후 단체 방에 들어갔다. 아직 두 사람은 말싸움하고 있었다. 구현진이 피식 웃으며 단체 방 소리를 음소거로 바꾸었다. 그리고 스마트폰을 옆에 던졌다.

그때였다.

띵동!

구현진이 곧바로 방을 나서며 현관문을 열어주었다. 박동희가 와 있었다.

"일찍 오셨네요."

"새벽 기차 타고 내려왔지요. 그동안 잘 지냈어요?"

"네, 뭐. 들어오세요."

박동희는 거실로 와서 앉았다.

"아버님은?"

"볼일이 있다며 밖에 나가셨어요."

"아, 네에. 다행이네요. 혹시라도 오늘 다저스와의 계약 얘기를 듣고 흥분하시지는 않을까? 걱정했거든요."

그 말을 듣는 순간 구현진의 표정이 굳어졌다.

"왜요? 계약 내용이 안 좋아요?"

"일단 앉아보세요. 차근차근 얘기할게요."

구현진이 박동희와 마주 앉았다. 박동희는 계약서 내용을 꺼내 보여주었다. 그러면서 어제 제레미와 나눴던 얘기해 주었다. 구현진이 차근차근 듣더니 약간 아쉬운 얼굴로 말했다. 다 좋은데 제레미가 한 말이 딱 걸렸다.

"정말 다저스에서 내가 현진이 형을 대신해 주길 바란다고 했어요?"

"네."

구현진의 표정이 그다지 좋지 않았다. 박동희도 어느 정도 예상했다.

"솔직히 다저스는 한인 인프라가 많이 발전되어 있어요. 그래서 박찬우와 유현진 선수의 계보를 구현진 선수가 이어주길 바라고 있어요."

"혹시 현진이 형은 어떻다고 해요?"

"일단 다저스하고 1차 계약을 하고 싶어 하긴 해요. 하지만 솔직히 쉽진 않을 거예요. 그래도 미국에 남고 싶어 하니, 다저스가 안 된다면 다른 구단을 알아볼지도 몰라요."

"그래도 현진이 형은 부상을 딛고 꾸준히 성적은 올려줬잖아요."

"하지만 내년이면 만으로 31살이에요. 9승을 했지만 패도 많고요. 평균자책점도 높아요. 4점대 초반이면……. 이런 상황에서 다저스가 과연 계약할까요?"

"그래도 가능성은 있지 않아요?"

"물론 있어요. 하지만 그것이 크지 않다는 거죠. 다른 구단에서도 선불리 데려가지 않을 것 같고요. 일단은 국내 복귀 가능성도 열어놓은 상태라고 했어요."

"하지만 현진이 형은 잔류 쪽을 선택할 걸요."

"그렇기는 하겠지만, 다저스에서 좋은 조건으로 계약하는 건 좀 무리겠죠?"

"그래도 언론에서는 첫 두 해에 올린 28승으로 연봉 값은 충분히 했다고 하던데요."

"물론 그거야 그렇지만 구단은 절대 손해 보는 장사는 하지 않아요. 유현진 선수도 앞선 두 해 동안 성적을 올리지 못했다면 다저스가 6년 동안 그냥 두지는 않았을 겁니다. 물론 손익분기점을 따졌을 때 올해까지는 다저스가 아쉬울 게 없었어요. 하지만 구위도 하락한 시점에서 유현진 선수에게 많은 것을 기대할 수는 없죠. 다저스 입장에서는 대체 자원을 찾을 수밖에 없습니다. 더구나 한인 마켓이 작지 않은 다저스로서는 구현진 선수를 원할 수밖에 없죠."

구현진이 인상을 찡그렸다. 솔직히 그런 소리를 듣기 싫었다. 구현진이 유현진을 대신한다는 말을 말이다.

구현진의 바람은 유현진 선수와 함께 같은 팀에서 뛰는 것이었다. 유현진과 함께할 수 없다면 다저스행에 의미가 없었다.

다른 한편으로는 그런 생각이 들었다. 혹시 '나 때문에 현진이 형이 밀리는 건가?' 이런 생각이 드니 구현진은 괴로웠다.

'아니야. 그럼 내가 차라리 다저스를 안 가면 되잖아. 하지만 난 다저스가 좋은데…….'

구현진의 머릿속이 복잡해졌다. 그러자 박동희가 차분하게 말을 했다.

"구현진 선수가 무슨 생각을 하는지 대충 짐작할 수 있습니다. 하지만 일단은 메이저리그에 가는 것이 중요해요. 좋은 조건을 제시한 팀이 있으니까요. 그럼 다저스랑 협상하는 것이 맞아요. 유현진 선수와의 문제는 다른 문제입니다. 지금은 그런 것까지 일일이 신경 쓸 상황이 아닙니다."

"알아요, 알고 있어요. 상황이 그렇다면 어쩔 수 없죠."

구현진은 굳어진 얼굴로 작게 한숨을 내쉬었다. 박동희가 고개를 끄덕이며 말했다.

"알겠어요. 그럼 제가 좀 더 좋은 조건으로 협상해 보겠습니다."

"네, 알아서 해주세요."

"네, 그럼! 또 연락드리겠습니다."

박동희가 구현진과 얘기를 나누고 집을 나섰다. 구현진은 박동희를 배웅한 후 자신의 방으로 들어왔다. 침대에 누워 천장을 올려다보았다.

"하아, 역시 일이 뜻대로 되지 않네."

구현진은 마음이 착잡했다.

그로부터 이틀 후.

지잉, 지잉!

인근 초등학교 운동장에서 이어폰을 꽂고 가볍게 러닝하던 구현진은 음악 대신 들리는 벨 소리에 멈춰 섰다.

"누구지?"

구현진이 러닝을 멈추고 전화를 받았다.

"네, 여보세요?"

-구현진 선수! 지금 통화 가능하세요?

"네, 말씀하세요. 무슨 일인데요?"

-제가 에인절스 스카우터 팀장에게서 전화를 받았거든요.

"에인절스요?"

-네! 그런데 구현진 선수를 꼭 한번 만나고 싶다고 하네요.

"저를요?"

4.

[메이저리그 구단, 에인절스 피터 레이놀 단장! 극비 한국행!]

[인천 국제공항으로 도착한 피터 레이놀 단장. 보도되었던 시간보다 2시간 일찍 입국 후 사라짐.]

[인천 공항에서 대기하던 기자들. '닭 쫓던 개 지붕 쳐다보듯.' 허탈함을 감추지 못해!]

박동희가 인터넷 뉴스를 보며 심각한 표정을 지었다. 그리고 습관적으로 탁자를 두드렸다.

"피터 레이놀 단장은? 잘 모시고 오는 중이야?"

옆에 있던 비서가 곧바로 답했다.

"네, 10분 후면 도착한다는 연락을 받았습니다."

"기자들에게 들키지는 않았겠지?"

"네. 비행기에서 내리자마자 곧바로 픽업했습니다."

"잘했어. 최대한 밖으로 새어 나가지 않게 조심해."

"알겠습니다."

그때 구현진이 깔끔한 슈트 차림으로 나타났다.

"여전히 슈트 차림은 어색하네요."

"왜요? 제 눈에는 상당히 괜찮아 보이는데요."

박동희가 피식 웃으며 자리에서 일어났다. 여전히 어색한 모습의 구현진 앞으로 간 박동희가 고개를 갸웃했다.

"구현진 선수, 요즘 살쪘어요?"

"아, 3kg 정도 쪘어요. 다시 운동 시작하면 원래 몸무게로 돌아옵니다."

"아, 그래요?"

"왜요? 많이 이상해 보여요?"

"그건 아닙니다. 그냥 조금? 그래도 한 덩치 하시니까요."

"원래 경기가 없을 때는 살이 조금 찌는 편입니다. 하지만 이 이상은 안 쪄요. 걱정하지 마세요."

"아, 네에. 그렇군요. 일단 자리에 앉죠. 에인절스 쪽도 이제 곧 도착한다고 합니다."

"네."

구현진이 옷매무새를 정리한 후 소파에 앉았다. 맞은편에 박동희가 앉았다.

"미리 말씀을 드려야 할 것 같습니다."

"뭘요?"

"에인절스에서 피터 레이놀 단장이 직접 구현진 선수를 만나러 온 것 같습니다."

"네에? 다, 단장이요?"

"네. 그래요."

"아니, 왜요?"

"후후, 글쎄요. 저도 잘 모르겠네요."

박동희의 말에 구현진의 표정이 심각해졌다.

"단장을 직접 만난다고 하니 부담되긴 하네요."

"원래는 구단주까지 직접 오려고 했답니다. 그런데 갑자기 사정이 생기는 바람에……. 많이 아쉬워한다고 전해달랍니다."

"헉! 그, 그래요? 구단주가 직접 왔으면 더 부담스러웠겠네요."

"뭐, 그만큼 구현진 선수를 좋게 생각하는 것이 아닐까요?"

"그, 그렇게 생각해야겠죠?"

"그럼요."

구현진과 박동희가 얘기를 나누고 있는 사이, 비서가 다시 들어왔다.

"대표님, 도착하셨습니다."

"그래? 어서 모셔와."

박동희가 자리에서 일어났다. 구현진 역시 자리에서 일어나 입구를 바라보았다. 잠시 후 그곳으로 두 명의 외국인과 한 명의 동양인이 들어왔다.

선두에 금발의 중년 남성이 바로 피터 레이놀 단장이었다. 그 뒤에 따라온 두 사람은 아시아 지역 총괄 스카우터 팀장이었고, 그 옆에는 통역사였다.

박동희가 다가가 악수를 청하며 인사했다.

"안녕하십니까, 에이전트 박동희입니다."

"반갑습니다, 피터 레이놀입니다."

피터 레이놀 단장이 인사를 하고 난 후 뒤에 서 있는 구현진을 보았다. 그의 표정이 밝아지며 구현진에게 다가갔다.

"구현진 선수군요. 만나고 싶었습니다."

피터 레이놀 단장이 먼저 손을 내밀었다. 구현진도 환하게 웃으며 인사를 했다.

"네, 반가워요."

박동희가 피터 레이놀 단장을 자리로 안내했다. 비서에게 차를 주문한 후 얘기를 나눴다. 그리고 통역사를 보고 박동희가 미소를 지었다.

"굳이 통역사까지 데리고 오지 않아도 되는데요. 제가 하면 되는데……."

그러자 피터 레이놀 단장이 고개를 흔들었다.

"아닙니다. 그렇게 번거롭게 하고 싶지 않습니다. 무엇보다 저는 구현진 선수의 말을 직접 듣고 싶었습니다. 그러니 양해 바랍니다."

"양해랄 것까지 있습니까. 괜찮습니다."

구현진은 통역을 통해 피터 레이놀 단장의 말을 듣고 약간 의외라는 반응을 보였다.

'내 말을 듣고 싶다고?'

구현진은 피터 레이놀 단장을 바라보는 시선이 조금 누그러들었다. 피터 레이놀 단장은 곧바로 자신의 할 말을 꺼내놓았다.

"에인절스는 구현진 선수가 우리 팀에 오기를 강력하게 원하고 있습니다. 하지만 솔직히 다저스를 좋아하죠?"

"네?"

피터 레이놀 단장의 솔직한 질문에 오히려 구현진이 당황했다. 하지만 피터 레이놀 단장은 알고 있다는 듯 이야기를 늘어놓았다.

"한국 선수 대부분이 다저스를 좋아하고 있더라고요. 아무래도 박찬우와 유현진의 영향 때문이겠지만, 동경하는 선수와 함께 뛰고 싶은 마음은 이해할 수 있습니다. 미국 선수들도 마찬가지고, 모든 선수의 공통점입니다. 구현진 선수가 신경 쓸 것은 없습니다. 하지만 에인절스의 이야기도 들어줬으면 좋겠습니다."

피터 레이놀 단장의 진정성 있는 말에 구현진은 자기도 모르게 고개를 끄덕였다. 그 모습을 보고 피터 레이놀 단장이 피식 웃었다.

"좋습니다. 그럼 지금부터 우리가 얼마나 구현진 선수를 원하고 있는지에 대해서 얘기를 하겠습니다."

피터 레이놀 단장이 옆에 앉은 아시아 지역 스카우터 총괄 팀장인 존 메켄리를 보았다. 그러자 존 메켄리가 고개를 끄덕이고는 가방에서 자료를 꺼내 내밀었다.

"저희가 구현진 선수에게 보여주고 싶은 것이 바로 이것입니다."

피터 레이놀 단장이 두툼한 자료를 가리켰다.

구현진은 그것을 보고 다소 놀란 표정을 지었다. 박동희도 마찬가지였다. 그 자료는 새것이 아니었다. 얼마나 들췄는지 손때가 잔뜩 묻어 있었다.

"이것이 지난 1년간 스카우터 팀이 구현진 선수에 관해 확인하고 또 확인한 자료입니다."

구현진이 해진 자료를 집어 들었다. 피터 레이놀 단장의 말은 계속 이어졌다.

"저도 이 자료를 수십 번 보았습니다. 그래서 지금 앞에 앉아 있는 구현진 선수를 처음 봤지만, 친근하고 좋습니다."

피터 레이놀 단장은 처음부터 지금까지 항상 미소를 지으며 조심스럽게 얘기했다. 그런 피터 레이놀 단장의 모습에 구현진 역시 호감이 갔다.

박동희가 가만히 듣고 있다가 질문을 던졌다.

"그럼 보시기에 구현진 선수는 어땠습니까?"

그러자 스카우터 총괄팀장인 존 메켄리가 나섰다.

"솔직히 구현진 선수를 처음 보았을 때는 그저 그런 투수라 생각했습니다. 하물며 수술 이력도 있기에 걱정했던 것도 사실입니다. 수술 후 첫 경기가 아마 고등학교 2학년 대통령배 대회였던 것으로 기억합니다. 그때 중간계투로 나왔었죠? 그때부터 전 구현진 선수를 주목하기 시작했습니다. 그리고 3학년이 되어 첫 번째로 맞이한 선발전에서부터 한 경기 최다 탈삼진 기록한 경기까지 모든 경기를 빠짐없이 체크했습니다. 전 구현진 선수의 경기를 보면서 아주 신선한 충격을 받았습니다."

존 메켄리는 마지막 말을 하면서 그때의 장면이 떠오르는지 약간 상기된 표정을 지었다. 그 모습을 보고 피터 레이놀 단장이 미소를 지었다.

"이 사람아, 자네가 흥분하면 어떻게 하나?"

"제가 그랬습니까?"

피터 레이놀 단장이 고개를 끄덕이고는 다시 구현진에게 시선을 두었다.

"저도 그 경기를 비디오로 확인했습니다. 메이저리그에서 오래 활동했던 제게도 신선한 충격이었고, 인상 깊은 피칭이었습니다. 특히 삼진을 잡을 때의 모습이 정말 좋았습니다. 포심으로 상대 타자를 윽박지르는 모습이 인상적이었죠."

피터 레이놀 단장은 엄지손가락까지 올리며 말했다. 구현진은 피터 레이놀 단장의 칭찬에 저도 모르게 어색한 미소를 지었다.

"체인지업은 유현진 선수에게 배웠죠? 맞습니까?"

"어? 어떻게 알고 계십니까?"

"후후, 솔직히 구현진 선수가 유현진 선수와 만났다는 것은 소문으로 알고 있습니다. 그리고 유현진 선수가 한국을 갔다 온 후로 구현진 선수의 체인지업이 좋아졌으니 혹시 접점이 있지 않았을까? 추측해 볼 수 있었죠."

구현진이 고개를 끄덕이며 인정했다.

"맞습니다. 더 정확하게 말씀을 드리면 구대승 선수에게 배웠습니다."

"구대승?"

피터 레이놀 단장이 고개를 갸웃하자 옆에 있던 존 메켄리가 귓속말로 설명해 주었다.

"아, 구대승 선수요. 이글스의 레전드 선수죠? 지금은 호주에서 현역 프로선수로 뛰고 있다고 하던데요."

"네, 그렇습니다."

"구현진 선수는 좋은 선배를 뒀군요."

"저도 그렇게 생각합니다."

구현진도 고개를 끄덕이며 미소를 지었다.

"구대승 선수가 유현진 선수에게도 체인지업을 가르쳐 줬던 걸로 아는데요?"

"네, 맞습니다."

"아하, 그렇군요. 대단한 선수입니다. 언제 기회가 된다면 에인절스 투수코치로 데려오고 싶네요."

피터 레이놀 단장이 농담으로 웃으며 말했다. 그러자 구현진이 고개를 가로저었다.

"아마 안 될 걸요."

"아? 왜요? 혹시 조건이 까다롭습니까?"

"아뇨, 아직 몇 년간은 현역으로 뛰고 싶어 하거든요."

"오오! 그레이트! 정말 놀랍군요. 대단합니다."

피터 레이놀 단장은 박수까지 치며 놀라워하고 있었다. 구대승의 나이는 만으로 47세이며 한국 나이로 50살을 바라보고 있었다. 그런데도 현역으로 뛰고 있다는 것은 그만큼 자기관리가 철저한 사람임을 의미했다.

피터 레이놀 단장이 박수를 멈추고 진지한 표정으로 말했다.

"어쨌든 그런 멋진 선배에게 배웠다는 것은 두고두고 고마워해야겠군요."

"네. 항상 그런 마음을 가지고 있습니다."

"그럼 다시 본론으로 돌아가서, 라이온즈와 만났다는 것은 알고 있습니다. 게다가 라이온즈가 제시한 것을 별로 내켜 하지 않는다는 소문도 들었습니다. 구현진 선수가 미국에 오면 역시 마찬가지로 마이너리그 생활을 어느 정도는 해야 합니다. 물론 미국 첫해는 적응 문제도 있고, 마이너리그 생활도 조금 버거울 것입니다. 하지만 저는 구현진 선수가 잘 이겨낼 것이라고 확신합니다. 그리된다면 1년 후, 2년 차 때 구현진 선수에게 꼭 기회를 주고 싶습니다. 2년 차 때 스프링 캠프에 초대해 시범경기는 물론이고, 늦어도 9월 로스트 확장 때 꼭 메이저리그 마운드를 밟게 해주겠습니다."

구현진은 통역을 통해 전해 들은 피터 레이놀 단장의 말을 듣고 살짝 의문이 들었다. 한마디로 늦어도 2년 차 후반기에는 메이저리그에 올라갈 수 있다는 것이었다.

"하나만 묻겠습니다."

"말해보세요."

"왜 저한테 이런 파격적인 혜택을 주시는 것입니까?"

구현진의 물음에 피터 레이놀 단장은 곧바로 망설임 없이 말했다.

"말 그대로 우리 팀은 구현진 선수 같은 투수를 원합니다. 마운드에서 물러서지 않고 타자를 윽박지르는 투수를 말입니다. 물론 이것이 도박일 수도 있겠지만 그래도 저는 구현진 선수에게 기회를 주고 싶습니다. 그 기회를 살릴 것이냐, 못 살릴 것이냐는 구현진 선수에게 달렸지만……."

피터 레이놀 단장이 잠시 말을 끊더니 고개를 끄덕였다.

"솔직히 말씀드리겠습니다. 보통 이런 얘기는 대놓고 하지 않아요. 마이너리그에서 잘해야 할 겁니다. 막연한 희망은 주고 싶지 않습니다. 저는 적어도 앞으로 2년간 에인절스의 단장일 겁니다. 다른 단장처럼 쉽게 잘릴 일은 없습니다. 최소한 구현진 선수가 메이저리그에 올라오는 것을 볼 것입니다. 모든 단장이 그렇듯 저는 제가 데려온 선수에게 먼저 기회를 주고 싶습니다. 그러니 절 믿고 우리 에인절스에 와주지 않겠습니까?"

피터 레이놀 단장의 진정성 있는 말에 구현진은 곧바로 '네, 가겠습니다.'라는 말이 입 밖으로 튀어나올 뻔했다. 그만큼 피터 레이놀 단장의 말이 구현진을 혹하게 만들었다.

구현진이 잠시 숨을 고른 후 입을 열었다.

"흠, 단장님의 말씀을 들으니 진짜 에인절스에 가고 싶습니다. 하지만 솔직히 말씀을 드리면 단장님을 만나기 전까지 저는 에인절스행을 한 번도 생각해 보지 않았습니다."

그러자 피터 레이놀 단장이 고개를 끄덕였다.

"이해합니다. 그럼 이건 어떻습니까?"

"……?"

"우리 에인절스 팀 타선에는 6툴 플레이어(기존 5툴. 즉 타자의 능력을 평가하는 5가지 지표. 정확, 파워, 수비, 어깨, 주루플레이어가 있다. 여기서 한 가지 더 야구 센스까지 더해 완전체라고 불린다고 해서 신조어 6툴 플레이어라고 불린다.)가 있습니다."

피터 레이놀 단장의 말을 듣고 구현진이 피식 웃었다.

"아, 매니 트라웃이요?"

"네, 그렇습니다. 그런데 아직 마운드에는 트라웃의 짝꿍이 없습니다. 구현진 선수가 그 짝꿍이 되어줬으면 좋겠습니다."

구현진은 피터 레이놀 단장의 그 한마디에 저도 모르게 어깨가 으쓱했다.

"에인절스, 좋은 팀이네요."

"그렇습니다. 좋은 팀입니다. 그런 호감이 조금은 생겼습니까?"

"네."

"그럼 구현진 선수에게 할 말은 다했습니다. 이제부터 실질적인 얘기를 나눌까 합니다. 그 얘기는 에이전트와 나눠야 할 것 같은데요. 심심하겠지만 기다려 주실 수 있습니까?"

"그럼요, 기다릴 수 있습니다."

"감사합니다. 그럼 얘기를 시작해 볼까요?"

피터 레이놀 단장의 시선이 이제는 박동희에게 향했다. 박동희가 순간 움찔했지만 이내 고개를 끄덕였다.

"그러시죠."

통역사가 자리에서 일어나 곧바로 구현진 옆으로 가서 앉았다. 그리고 두 사람의 대화를 통역사가 하나도 빠짐없이 전달해 주었다. 구현진은 심심할 틈이 없었다.

두 사람이 밀고 당기는 장면이 매우 흥미로웠다. 게다가 박동희가 이렇게 진지하게 대화하는 모습은 처음이었다.

"좋습니다. 그럼 조금 전 단장님께서 말씀하신 내용을 계약서에 명시해 주실 수는 있습니까?"

피터 레이놀 단장이 순간 난감한 표정을 지었다.

"그건 곤란한데요."

"움, 그럼 저희는 어떤 근거를 가지고 단장님의 말씀을 믿어야 합니까? 물론 그런 일은 없겠지만, 말을 돌리기라도 하신다면……."

"물론 그렇게 생각하시는 것이 당연합니다. 하지만 그 부분에 대해서는 따로 녹음해도 좋습니다. 내가 단장으로 있는 한 약속은 무조건 지키겠습니다. 물론 그 안에 구현진 선수가 직접 실력으로 증명해 준다면 오히려 더 좋고요."

피터 레이놀 단장이 구두로 전한 파격적인 조건은 이러했다.

[늦어도 내후년 시범경기에 등판을 약속하겠다. 상황이 여의치 않을 시 구현진이 부상당하지 않는 한, 9월 로스터 확장 때 꼭 메이저리그 출전을 보장하겠다.]

"물론 구현진 선수가 메이저리그에 올라올 만한 성적을 내줄 거라는 확신이 있어서 드리는 약속입니다."

피터 레이놀 단장은 확신에 찬 눈으로 말했다. 구현진은 자꾸만 피터 레이놀 단장에게 빠져들었다.

"계약금은 150만 달러에 옵션 30만 달러로 해서 180만 달러에 계약했으면 합니다. 그리고 메이저리그에 올라가면 그에 합당한 연봉을 받게 될 것입니다."

박동희가 잠시 고민을 하더니 구현진을 보았다.

"솔직히 다저스보다 조건이 훨씬 좋은데요. 어떻게 하실래요?"

구현진이 피식 웃었다.

"저는 에인절스도 나쁘지 않다고 생각하는데요."

"알겠습니다. 그럼 에인절스와 계약하도록 하겠습니다."

"네."

박동희가 곧바로 피터 레이놀 단장과 얘기를 했다.

"계약하겠습니다."

"오오, 그러실 줄 알았습니다. 그럼 구체적인 계약은 여기서 마무리 짓도록 하시죠."

"네."

피터 레이놀 단장이 환한 얼굴로 박동희와 악수를 나눴다. 그리고 자리에서 일어나 구현진에게 다가갔다. 구현진도 자리에서 일어났다. 피터 레이놀 단장이 곧바로 구현진에게 포옹했다.

"저희 팀으로 와주셔서 감사합니다."

"저를 선택해 주셔서 감사합니다."

그날 저녁.

부산 집으로 돌아온 구현진은 지친 몸을 이끌고 현관문을 열었다.

"아버지, 저 왔어요."

"어, 왔나? 어찌 됐노?"

아버지는 거실에 있다가 냉큼 일어서며 물었다. 구현진이 들어오고 그 뒤에 박동희도 들어왔다.

"어? 에이전트 양반도 왔네."

"네, 아버님! 그동안 잘 지냈습니까?"

"하모요. 그보다 어찌 되었습니까?"

아버지의 물음에 박동희는 그저 미소만 지었다. 구현진이 부엌으로 향하며 말했다.

"일단 물 한 잔만 마시고요."

구현진이 컵을 들고 정수기 물을 받아 마셨다.

"아이고, 힘들다."

"말해봐라. 어떻게 됐노?"

아버지는 구현진을 졸졸 따라다니며 물었다. 구현진은 바닥에 털썩 앉았다. 그 옆에 박동희도 앉았다.

"계약했어요."

"어디랑?"

"에인절스랑요."

"엥? 에인절스? 다저스가 아니고? 에인절스는 별론데……."

아버지가 마음에 들어 하지 않았다. 구현진은 오늘 겪었던 일을 아버지에게 들려주었다. 피터 레이놀 단장과 존 메켄리 스카우터가 지난 1년간 보여주었던 정성을 본 대로 들은 대로 전해주었다. 그러자 아버지의 표정이 바뀌었다.

"진짜로요?"

아버지가 박동희를 보았다. 박동희가 미소를 지으며 고개를 끄덕였다.

"네, 맞습니다. 아버님!"

"그래요? 그 뭐꼬? 피터 뭐시기 단장 괜찮네."

"피터 레이놀!"

"아무튼, 너에 대해 그리 잘 알믄 해야지. 암! 우리 아들을 이렇게 생각해 주는 곳이면 괜찮네."

아버지가 고개를 끄덕였다. 솔직히 아버지가 에이전트 박동희를 좋아했던 것은 그만큼 아들에 대해서 잘 알고 있었기 때문이었다. 그런데 에인절스도 구현진에 대해서 잘 알고 있었다.

"그래! 에인절스, 믿고 맡겨도 되겠네."

"네, 좋은 구단이에요."

박동희가 말했다. 구현진도 고개를 끄덕이며 동조를 했다. 그런데 아버지가 잠시 고민을 하더니 박동희를 보며 물었다.

"그럼, 내도 미국 가야 합니꺼?"

"아닙니다. 아버님은 여기 계셔도 됩니다. 저랑 구현진 선수만 가도 충분합니다."

"그래도 내가 이것저것 옆에서 챙겨줘야 할 텐데……."

"아버님이 미국 따라가셔도 같이 고생만 하실 겁니다. 제가 옆에서 잘 챙길 테니 걱정하지 마세요."

"오, 그리 해줄랍니까?"

"그럼요. 저는 처음부터 구현진 선수와 함께할 각오를 하고 에이전트 계약을 했습니다. 단순히 구단 계약만 하고 뒤로 빠질 생각은 추호도 없습니다. 구현진 선수는 메이저리그 최고의 선수가 될 겁니다. 그런 확신이 있는데 여기서 모르는 척할 수는 없죠."

박동희의 다부진 말을 듣고, 아버지의 눈빛이 살짝 변하였다.

"그렇다고 해서 계약 조건 변경은 없어요. 그래도 5%예요. 알죠?"

아버지의 말이 구현진은 부끄러웠다.

"아버지 좀……."

"와? 이런 건 확실히 해야 한다!"

"그래도……."

그러자 박동희가 나섰다.

"괜찮습니다. 저도 더 받을 생각은 없습니다. 오히려 깎지 않아서 좋은데요."

박동희의 말을 듣고 아버지기 실실 웃었다.

"이거 아쉽네요. 기회를 봐서 깔라고 했는데……."

아버지의 농담에 박동희의 표정이 살짝 굳어졌지만 이내 환하게 웃었다.

"하하하. 아버님. 농담도 잘하십니다."

"그, 그쵸? 저희 아버지가 농담을 좀 잘해요."

"나 농담 아닌데?"

아버지가 정색하며 말했다. 그러자 구현진이 버럭 고함을 질렀다.

"아버지!"

"와, 이놈아! 귀청 떨어지겠다."

"제발 좀 아들 부끄럽게 만들지 말아요."

"부끄러워? 이게 다 누구 좋으라고 하는 건데. 다 널 위해서……."

"아, 몰라요."

구현진이 자리에서 일어나 방으로 들어갔다. 박동희는 두 부자를 물끄러미 바라보고는 자리에서 일어났다.

"아버님, 그럼 저도 이만 가보겠습니다."

"아, 예에. 멀리 안 나갑니더."

"네."

박동희가 인사를 하고 나갔다. 그가 현관을 벗어날 때까지 아버지와 구현진의 화기애애(?)한 대화는 계속 이어졌다.

"아들! 애비가 부끄럽나! 문 좀 열어봐라!"

"좀 쉬게 내버려 둬요."

"이놈아, 애비가 말하는데……."

박동희는 현관문을 닫고 하늘을 올려다보며 중얼거렸다.

"참, 좋은 부자 사이야."

그다음 날.

인터넷 신문과 각종 언론에 대대적인 뉴스가 나왔다.

[부산 제일고 구현진 선수, 메이저리그 에인절스와 전격 입단 계약!]

[비밀리에 입국했던 에인절스 피터 레이놀 단장 구현진 선수를 만나기 위한 007작전!]

[제일고 구현진 메이저리그 에인절스 입단. 그는 누구인가?]

[180만 달러의 사나이! 구현진 에인절스가 품다!]

기사가 뜬 후 아버지와 구현진의 전화기에는 불이 났다.

아버지는 친구들로부터 끊임없이 축하를 받았고, 구현진의 연락처를 어떻게 알았는지 시도 때도 없이 울리는 기자들의 접근으로 정신이 없었다.

이미 아침 일찍 박동희로부터 언질은 받았었다.

"오늘 기사가 뜰 겁니다. 일단은 마음에 준비를 해두시는 것이 좋을 겁니다. 전화기는 꺼놓으시고 제가 갈 때까지 그 누구도 만나지 마십시오."

박동희의 당부에 구현진은 전화기를 꺼놓으려고 했다. 그런데 진동 모드로 해놨던 전화기에는 이미 수십 통의 부재중 전화가 와 있었다. 구현진은 급히 전화기를 꺼놓았다.

“이게 무슨 일이지?”

구현진은 황당하다 못해 정신을 차리지 못했다. 그때 현관문을 두드리는 소리가 들려왔다.

“벌써 기자가 왔나?”

구현진은 조심스럽게 현관으로 나갔다. 차마 누군지 물어보지는 못하고 귀를 기울였다. 그러자 현관문을 두드리며 누군가 소리쳤다.

“야, 구현진! 내다, 장만호!”

“어어, 잠시만…….”

구현진이 냉큼 문을 열어주었다. 장만호는 들어오자마자 구현진에게 헤드록을 걸었다.

“야, 새끼야! 니 내한테 이러면 안 되제!”

“무, 뭐가?”

“왜 나한테는 말도 안 해주노? 왜 뉴스로 들어야 하냐 말이다.”

“그, 그게 내가 경황이……. 아야야야!”

구현진이 변명을 하자 장만호의 손에 더욱 힘이 들어갔다.

“그러고도 니가 친구가!”

"미안, 미안하다."

구현진이 급히 사과했다. 그제야 장만호의 팔에 힘이 풀어졌다. 구현진은 헤드록에서 벗어나며 목을 감쌌다.

"인마! 아무리 그래도 헤드록은……."

장만호가 갑자기 구현진을 끌어안았다.

"마, 만호야……."

"새끼, 축하한다! 나는 네가 메이저리그에 갈 줄 알았다."

"고, 고맙다. 하지만 아직 메이저리그는 아니야."

장만호가 구현진을 떼어내며 말했다.

"어쨌든 계약은 했잖아. 그라고 니 실력이면 금방 메이저리그에 올라가겠지! 안 그러나?"

"후후, 그래! 노력할게."

"자식!"

장만호가 다시 구현진을 끌어안았다.

"야, 남자끼리 남사스럽게……."

구현진은 말은 저렇게 했지만, 장만호의 따뜻한 마음을 알기에 미소를 지었다. 방으로 돌아온 구현진은 장만호와 얘기를 나눴다. 구현진은 바닥에 앉았고, 장만호는 침대에 걸터앉았다.

"어찌 된 기고?"

"그게…… 갑자기 그렇게 됐어."

"갑자기는 무슨……. 뉴스 보니까 이미 진행되고 있었더만. 그보다 그 사촌 형은 뭐꼬? 사촌 형 아니제?"

"미안. 에이전트야."

"맞제! 그래, 내가 딱 그때 보고 사촌 형 아니다 싶었다. 그런데 왜 사촌 형이라 소개했노?"

장만호의 얼굴에 서운함이 가득 고여 있었다. 구현진은 미안한 얼굴로 말했다.

"그때는 그럴 수밖에 없었어. 고등학교 졸업도 하지 않았는데 벌써 에이전트를 대동하고 나타났다면 관계자들이 건방지다고 할 거 아냐."

"그래도 나한테는 말해줘야지."

"그냥 당분간은 비밀로 하자고 해서 그랬다!"

"새끼, 완전히 치사하네."

구현진이 두 손을 모아 사과했다.

"미안! 정말 미안해!"

"그건 그렇고……. 와 에인절스고? 니 다저스 가고 싶어 했잖아."

"그게……."

구현진이 그날 있었던 얘기를 해주었다. 그러자 장만호가 의외라는 얼굴이 되었다.

"그 피터 단장이 말이가? 진짜 그리 말했나?"

"그래! 그래서 내가 혹하고 넘어갔지!"

"이야, 그럼 늦어도 내후년이면 메이저리그에서 니 볼 수 있겠네."

"뭐, 그렇겠지? 그래도 내가 잘해야겠지."

"니는 잘할 끼다. 내가 공을 받아 봐서 아는데, 꼭 성공할 끼다. 내가 보장한다."

장만호가 자신의 가슴을 탁탁 치며 큰소리를 쳤다. 구현진은 그런 장만호를 보고 피식 웃었다.

"아, 참! 너는 어떻게 됐어? 다이노스랑 하기로 했어?"

구현진의 물음에 장만호가 급우울한 얼굴이 되었다.

"그게…… 순정이 이 가스나가 말이다! 최후통첩을 날리잖아!"

구현진은 곧바로 이해할 수 있었다.

"왜? 헤어지자고 해?"

"그래! 그동안 수없이 헤어지자고 했지만 별로 신경 안 썼거든. 그런데 그때 순정이 가스나 눈빛을 니가 봐야 했다. 와, 진짜 무섭더라! 그래서 뭐 우야겠노, 사랑한 내가 죄지!"

"그래서 계약했다는 거네?"

"오야, 다이노스랑 계약하기로 했다."

"계약금 얼마에?"

"얼마 안 된다."

"얼만데?"

장만호는 살짝 부끄러운지 조용히 말했다.

"5천!"

"오오! 축하한다!"

"축하는 무슨! 너에 비하면 새 발의 피다!"

"그래도 넌 모든 지원을 구단에서 다해주잖아. 난 그냥 계약금 받으면 끝이야. 다행히 구단에서 숙소는 제공해 준다고 하니까, 그나마 괜찮지만……."

구현진은 미국으로 넘어가서 적응할 생각에 벌써 걱정이 앞섰다.

"걱정하지 마라. 잘할 끼다. 내 친구 구현진 아니가!"

장만호의 격려에 구현진은 애써 미소를 지었다.

"참 그건 그렇고 정임이는 우짤 기고?"

"정임이?"

구현진은 사뭇 진지해졌다.

"……얘기해야지. 뭐 지금 벌써 알았겠지만."

"만약에 정임이가 기다린다면 우얄 끼고."

"그럼 뭐……."

구현진은 말끝을 흐렸다. 솔직히 박정임이 기다려 준다면 모르겠지만, 아마도 그렇게 될 것 같지는 않았다. 멀리 떨어져 있고 자주 볼 수도 없는데 기다려 줄 리 없었다.

"그건 그렇고 너 이제 다이노스 맨이네."

구현진이 화제를 돌렸다.

"다이노스 맨? 젠장!"

장만호가 인상을 구겼다. 그리고 당당히 외쳤다.

"내 비록 몸은 다이노스에 가 있지만, 정신만은 언제나 자이언츠와 함께한다!"

장만호가 결의에 찬 눈빛으로 말을 했다. 그 모습을 보고 구현진이 고개를 절레절레 흔들었다.

"새끼, 지랄한다! 그 마음 언제까지 가는지 두고 보자!"

"와, 내 맘을 그리 왜곡하노! 난 진짜라 말이다."

장만호가 훌쩍거렸다.

"알았다, 알았어. 질질 짜지 마라."

"안 짠다. 남자 아이가!"

장만호는 또 금세 주먹을 쥐며 소리쳤다. 그러다가 구현진을 보았다.

"참, 너 미국 언제 가노?"

"미국? 일주일 후에."

"일주일?"

5.

인천 공항에 구현진과 박동희 그리고 아버지가 나타났다. 구현진은 조용히 출국하고 싶어서 아무에게도 출국 날짜를 알리지 않았다. 그건 박동희도 마찬가지였다.

"잘 다녀온나! 아프지 말고! 밥 잘 챙겨 묵고!"

"네, 아버지!"

"오야, 그람 됐다."

아버지는 고개를 끄덕이며 구현진을 한 번 안아주었다. 그리고 박동희에게 다가가 손을 잡았다.

"우리 아들 잘 부탁합니데이."

"걱정하지 마세요, 아버님! 제가 잘 챙기겠습니다."

구현진은 장만호와 이순정 그리고 박정임을 보았다. 박정임은 이미 눈물을 많이 흘렸는지 눈이 퉁퉁 부어 있었다.

"잘 갔다 올게."

"오야, 잘 갔다 온나."

구현진이 장만호와 포옹을 했다. 그다음은 이순정이었다.

"만호랑 잘 지내라! 제발 좀 싸우지 말고."

"치아라! 우리 둘 문제다. 그라고 니 있제! 메이저리그 갔다고 우리 만호 무시하믄 안 된다! 알겠제?"

이순정의 협박 아닌 협박에 오히려 장만호가 부끄러워했다.

"야, 가스나야. 현진이가 그럴 애가? 남자친구 부끄럽구러

뭐하는 짓이고!"

"와? 내 남친은 내가 지킬라고 그라는데 부끄럽나?"

이순정은 더욱더 당당하게 말했다. 그런 이순정의 모습에 구현진은 그저 웃음만 나왔다.

"걱정하지 마. 절대 무시 안 할게. 그보다 내조나 잘해! 이제 프로선수인데. 부인이 잘 챙겨줘야 성적도 팍팍 올라가!"

"부, 부인……. 야아! 지금 뭔 소리고, 아직 결혼도 안 했는데……."

이순정이 갑자기 천상 여자처럼 굴었다. 몸을 배배 꼬며 부끄러워했다. 그 모습을 본 장만호가 어이없는 표정을 지었다.

"지금 뭐 하는 기고? 하던 대로 해라! 하던 대로!"

이순정의 눈이 치켜떴다.

"내가 몬 산다. 와, 내는 여자 아이가? 좀, 현진이 반만 되라, 반만!"

"와 그라노? 니 지금 현진이랑 비교하는 기가?"

"비교? 니가 지금 비교할 껀덕지라도 되나?"

"마! 지금 말 다했나?"

"오야, 다했다!"

두 사람은 눈을 부라리며 으르렁거렸다. 구현진은 한숨을 푹 내쉬었다.

"야, 나 오늘 미국 가는데 둘이 싸워야겠어?"

그러자 장만호와 이순정이 동시에 쳐다보며 소리쳤다.
"너는 빠지라!"
"너는 빠지라!"
"아, 예에……."
구현진이 움찔하며 뒤에 있던 박정임에게 다가갔다. 박정임은 구현진을 보자 또다시 눈물을 보였다.
"진짜…… 가는 거야?"
"그렇게 됐다. 잘 지내고 전화할게."
"……흐흑!"
박정임은 대답을 하지 못하고 울음부터 터뜨렸다. 구현진은 갑자기 난처한 얼굴이 되었다.
"정임아……."
"미안……. 눈물이 멈추지 않네."
그때였다.
"구현진 선수. 수속 밟아야 할 시간 되었어요."
박동희가 말했다.
"네에."
구현진은 대답한 후 박정임을 보았다.
"나 갈게. 잘 지내."
구현진이 대답을 한 후 몸을 돌렸다. 그때 구현진의 등 뒤로 박정임이 달려들었다.

"나…… 기다릴게……."

구현진이 피식 웃었다.

"그래……."

그리고 박정임이 몸을 뗐다. 장만호와 이순정과도 다시 작별 인사를 나눴다. 마지막으로 아버지하고도 마지막 인사를 했다.

"아버지, 잘 다녀올게요."

"오야, 다녀온나!"

아버지는 무뚝뚝하게 말했다.

박동희와 구현진이 사라지고 아버지는 그제야 고개를 돌려 눈물을 훔쳤다.

"아프지 말고……."

아버지가 나직이 중얼거렸다.

그리고 구현진은 LA행 비행기에 몸을 실었다.

13장

미국으로

1.

LA에는 두 개의 메이저리그 구단이 존재했다. 내셔널 리그의 다저스와 아메리칸 리그의 에인절스였다. 그중 가장 유명한 구단은 바로 유현진이 있는 다저스 구단이었다.

하지만 에인절스도 2002년 월드시리즈 우승 1회를 비롯해 지구 우승을 9번이나 한 강팀이었다. 비록 다저스보다는 역사가 짧고, 인기도 적지만 아메리칸 서부 지역에서는 알아주는 구단이었다.

다저스와는 인터리그가 아니라면 경기를 할 일이 없었다. 하지만 같은 지역에 있다는 것만으로도 라이벌로 불리고 있었다.

현재 에인절스의 감독은 마이크 오노 감독이다. 과거 박찬우와 인연이 있던 감독으로서 다저스 출신의 명포수였다. 게다가 유일하게 월드시리즈 반지까지 얻은 반론의 여지 없는 에인절스 역사상 최고의 감독으로 불리고 있었다.

에인절스는 마이크 오노 감독의 지도하에 다시 한번 월드시리즈 우승을 향해 나아갈 준비를 하고 있었다.

에인절스 구장인 에인절스타디움은 애너하임 시에 있었다.

[부산 제일고 구현진! 메이저리그 에인절스 오늘 입단식!]

인터넷 뉴스 메인 화면에 에인절스 유니폼과 모자를 쓴 구현진이 환하게 웃는 모습이 올라와 있었다.

└자랑스럽습니다. 우리의 구현진 선수! 정말 가셔서 좋은 성적 거두시고, 돈도 많이 버세요.

└그렇죠! 어린 나이에 가능성을 보고 데려가다니. 구현진 선수 대견합니다.

└구현진 선수! 자만하지 말고 항상 겸손한 자세를 가지고 임하는 것이 제일 중요할 것 같아요!

└유니폼 입고 입단식 하는 거 뉴스로 봤습니다. 또 한 명의 한국인이 국위선양하겠네요. 기대해 봅니다.

└와, 짱이네요. 젊은 나이에요.

ㄴ어린 친구 앞날에 박수를 보냅니다.

ㄴ마이너리그에서 썩을 어린 양이 또 한 명 늘어났구나.

대부분이 구현진을 응원하는 댓글이었다. 간혹 부정적인 댓글도 달렸지만, 신경 쓰지 않을 수준이었다.

그리고 애너하임의 지역 일간지에서도 구현진의 입단 소식을 전하고 있었다.

[대한민국에서 온 구(Koo), 에인절스와 180만 달러에 입단 계약 확정!]

ㄴ오, 구! 환영합니다. 유처럼 멋진 공을 던져주길 바랍니다.

ㄴ구! 메이저리그를 씹어 먹어버려!

ㄴ멋진 경기 부탁드립니다.

ㄴ나 이번에 에인절스 정기권 끊었다. 날 실망시키지 마라!

ㄴ입단식만 하는 거지 바로 메이저리그에서 못 뛰는데.

ㄴ킥킥킥, 정기권 아깝네.

팬들의 댓글 응원 댓글이 달리고, 구현진 기사 밑에 자그마하게 에인절스의 피터 레이놀 단장의 인터뷰 기사도 함께 실렸다.

[구(Koo)는 다저스의 유현진 선수와 비슷한 스타일의 선수다. 하지만 난 유현진 선수보다 그가 더 뛰어난 선수가 될 것이라고 확신한다. 나는 구가 에인젤스의 커쇼가 될 것이라고 믿는다.]

피터 레이놀 단장의 확신에 찬 기사에는 그곳의 있던 네티즌들에게 댓글 집중포화를 맞았다.

└커쇼 같은 소리 하네!

└내가 잠깐 봤는데 구도 제법 잘 던지던데?

└그래도 유망주는 유망주야. 절대 커쇼는 될 수 없어. 아류면 또 모를까?

└맞아! 현존하는 최고의 투수는 커쇼다. 아무리 그래도 이제 갓 태평양을 건너온 동양인을 어떻게 커쇼에 비유할 수 있지? 말이 되지 않아.

└그런데 왜 하필 커쇼야? 놀란 라이어도 있잖아!

└인정하고 싶진 않지만, 현존하는 좌완 투수 중에서는 최고니까 그런 거겠지.

└난 지켜보겠어. 절대 에인절스 팬이라서 적는 거 아님.

└커쇼든 유든, 제발 구가 잘 던졌으면 좋겠다.

└구(Koo)! 에인절스의 팬으로서 애너하임에 온 것을 환영합니다.

이런 댓글들을 뒤로하고 구현진은 에인절스타디움에서 입

단식을 하고 있었다.

구현진은 피터 레이놀 단장으로부터 백넘버 1번을 단 유니폼을 건네받았다. 구현진이 모자를 쓰고 유니폼을 걸쳤다. 그리고 기자들과 카메라를 향해 환하게 웃어 보였다.

피터 레이놀 단장이 유니폼 번호를 보고 구현진에게 물었다.

"왜 번호를 1번으로 했습니까? 혹시 이곳에서 넘버원이 되겠다는 뭐, 그런 뜻입니까?"

"아닌데요?"

구현진이 고개를 가로저었다.

"아니에요? 그럼 이유가 뭡니까?"

"아, 다저스의 현진이 형이 99번이잖아요. 거기다가 내가 단 1번을 더하면 100이 되니까요. 그래서 1번 한 건데요?"

구현진은 해맑게 자신이 1번을 정한 이유를 얘기했다. 피터 레이놀 단장은 순간 당혹감을 감추지 못했다.

"그, 그런 이유…… 였습니까?"

"네. 굳이 다른 이유가 있어야 해요?"

구현진은 두 눈을 멀뚱거리며 아무렇지 않다는 듯 말했다. 피터 레이놀 단장이 어색하게 웃으며 작은 목소리로 말했다.

"혹시 인터뷰나 다른 사람이 물어보면 '이곳에서 에이스가 되고 싶어서 1번으로 정했습니다'라고 그렇게 얘기해 주세요.

그래도 우리 체면이 있는데……."

피터 레이놀 단장의 말에 구현진이 방긋 웃었다.

"알겠어요. 어려운 일도 아닌데요."

피터 레이놀 단장과 구현진은 서로 악수를 하며 다시 포즈를 취했다. 그리고 계약서에 사인하면서 구현진의 입단식이 끝이 났다.

구현진은 유니폼과 입고 모자를 쓴 채 에인절스 구장인 에인절스타디움을 둘러보았다.

에인절스타디움.

1966년에 지어진 구장으로 메이저리그에서 4번째로 오래된 구장이었다(펜웨이파크〈1912년〉,리글리필드〈1914〉,다저스타디움〈1962〉). 외야 가운데 백스크린 뒤쪽으로 인공 암석과 분수가 놓여 현재 메이저리그에서도 개성 있는 구장으로 손꼽히고 있었다.

또한, 구장 인근 지역에 디즈니랜드가 있다는 것이 가장 큰 특징이었다. 무엇보다 이 구장은 한국 프로야구 팀과도 인연이 깊었다.

제1회 월드 베이스볼 클래식에서 미국, 멕시코, 일본을 차례로 꺾으면서 4강 진출을 달성한 구장이기도 했다.

그중에서 일본을 무찌르고 4강 진출을 확정한 후 서재응이 마운드에 태극기를 꼽는 장면이 큰 화제가 되었던 곳이었다.

구현진은 그 장면을 떠올리며 운동장에 들어섰다. 그 뒤로 피터 레이놀 단장과 구장 관계자들이 함께하고 있었다.

구현진은 마운드를 바라보며 의지를 다졌다.

'저곳이구나! 내가 설 곳이!'

그사이 구장 안으로 몇몇 선수가 나와 몸을 풀고 있었다. 대부분 구현진이 모르는 선수들이었다. 그런데 잠시 후 익숙한 사람이 운동장 안에 모습을 드러냈다.

구현진은 그 사람을 보고 눈을 크게 떴다.

"설마?"

피터 레이놀 단장이 환한 얼굴로 그 사람에게 갔다.

"헤이, 어서 와! 트라웃!"

구현진 예상했던 인물이 맞았다. 바로 에인절스의 간판타자인 매니 트라웃이었다. 구현진은 입단식 날 매니 트라웃을 볼 것이라고는 전혀 생각지 않았다.

"세, 세상에…… 이런 영광이……."

구현진은 환한 얼굴로 피터 레이놀 단장과 얘기를 나누고 있는 매니 트라웃에게서 시선을 떼지 못했다. 그렇게 얘기를 주고받던 매니 트라웃이 시선을 돌렸다.

그때 구현진은 매니 트라웃과 눈이 마주쳤다. 구현진이 미소를 지으며 눈인사를 했다.

매니 트라웃 역시 피식 웃었다. 그리고 구현진을 향해 다가

왔다. 그리고 환한 얼굴로 손을 내밀었다.

"반가워. 내가 매니 트라웃이야."

"하, 하이……. 마이 네임 이즈 현진 구! 나이스 미츄!"

구현진은 간신히 자신이 생각한 기초적인 영어를 내뱉었다. 그 모습이 귀여웠던지 매니 트라웃이 껄껄 웃었다.

"너 참 재미있네. 좋은 친구가 되겠어!"

그 말을 통역으로 듣자 구현진의 눈이 크게 떠졌다.

"그런데 여긴 어떻게 왔어요?"

구현진의 물음에 매니 트라웃이 피식 웃었다.

"물론 피터의 부탁도 있었지만, 특별한 이유 때문이지."

"특별한 이유?"

"그래, 바로 YOU! 널 보기 위해서 왔어."

"나, 나를요?"

구현진이 자신을 가리키며 말했다. 그러자 매니 트라웃이 고개를 끄덕였다. 구현진은 어리둥절한 상태가 되었다.

"아니, 왜? 날 알고 있었던 거야?"

구현진이 혼잣말을 중얼거릴 때 매니 트라웃이 사뭇 진지한 표정이 되었다.

"피터가 나에게 말했어. 조만간 네가 나의 짝꿍이 될 것이라고! 잔뜩 기대하고 있으니까 얼른 이곳으로 올라와! 나도 그리 오래는 못 기다려 주니까."

그 말을 듣고 구현진은 곧바로 손사래를 쳤다.

"아, 아니에요. 짝꿍은 무슨……."

그 순간 매니 트라웃의 얼굴에 장난기가 어렸다.

"그래? 내가 듣기로는 나랑 짝꿍 시켜주지 않으면 에인절스에 오지 않겠다고 했다던데?"

"에에? 내가요? 전혀 그런 말 한 적 없는데요?"

"그래? 그런 피터가 거짓말을 한 건가? 헤이, 피터! 아니라는데?"

매니 트라웃이 피터 레이놀 단장을 보며 말했다. 그러자 피너 레이놀 단장은 두 손을 들며 모르쇠로 일관했다. 그런 두 사람의 모습을 보며 구현진은 중간에서 난감한 표정을 지었다.

"이게 어떻게 된 거야? 그럼 너 날 놀린 거야? 에인절스의 프랜차이즈 스타인 날?"

매니 트라웃이 짐짓 무서운 표정을 지었다. 구현진은 당혹스러움에 어떻게 해야 할지 몰랐다. 그 모습을 지켜보던 매니 트라웃이 배를 잡고 크게 웃었다.

"하하핫! 정말 넌 재미있는 친구야. 놀리는 맛이 있어!"

매니 트라웃이 크게 웃자 그제야 구현진도 자신을 놀렸다는 것을 깨달았다. 구현진이 살짝 인상을 썼다. 그러자 매니 트라웃이 곧바로 사과했다.

"미안, 미안! 원래 안 하려고 했는데 하다 보니까, 너무 재미

있었어."

"그래도 전 얼마나 놀랐는데요."

"내가 사과할게."

매니 트라웃이 구현진의 팔을 툭툭 건드렸다. 그리고 다시 진지한 표정이 되었다.

"농담이 아니라, 진짜 네가 나의 파트너가 맞는지 확실하게 증명해 봐. 내가 여기서 기다릴 테니까!"

"넵! 꼭 보여 드리겠습니다."

"좋아, 그럼 다음에 만날 때는 같은 운동장에 서 있겠네?"

"네."

"좋아. 기대하고 있을게."

"반드시 올라올 겁니다."

"그래! 쉽지 않겠지만 힘내서 올라와."

"네."

구현진과 매니 트라웃은 악수를 하며 눈빛을 교환했다. 비록 매니 트라웃과 짧은 만남을 가졌지만, 구현진에게 있어서는 강렬했던 시간이었다.

구현진은 구장을 다 둘러본 후 밖으로 나왔다. 피터 레이놀 단장과도 작별했다. 피터 레이놀 단장도 이른 시일 내에 메이저리그에 올라오길 바란다는 뜻을 비쳤다.

그리고 구현진은 박동희와 함께 호텔로 이동했다. 호텔로 이동하는 동안 구현진은 멀어지는 에인절스타디움을 바라보며 나직이 중얼거렸다.

"여기서 빨리 뛰고 싶어요. 하지만 지금 당장은 어렵겠죠?"

"어렵기는 하겠지만, 그래도 내년 스프링캠프 참가와 시범경기에 올리겠다고 했으니까. 1년만 참아. 그럼 던질 수 있어."

박동희는 어느새 구현진과 말을 놓고 있었다. 구현진도 박동희를 형으로 부르며 편안하게 지내자고 했다. 어차피 이곳에서 함께 부딪쳐 나가려면 이러는 것이 편했다.

"그렇죠! 일 년만 있으면 올라오겠죠."

"그래, 중요한 것은 버티는 거야."

"그것도 그렇지만, 전 진짜 열심히 할 거예요. 마이너리그에서 죽도록 해서 꼭 여기에 올라올 거예요. 그리고 절대 내려가지 않을 겁니다."

구현진이 강한 자신감과 결의를 내보였다. 구현진의 모습에 박동희는 뿌듯했다.

"그래. 남자라면 그 정도 패기는 있어야지. 나도 최선을 다할 테니 함께 메이저리그 마운드를 밟아보자구."

"네, 형!"

2.

다음 날 호텔을 나선 두 사람은 곧장 루키 리그가 있는 유타 주 오렘으로 향했다. 그곳으로 향하는 구현진은 한숨부터 내쉬었다.

“하아, 진짜 루키 리그부터 시작이에요?”

“아무래도 바로 트리플 A로 가면 텃세가 좀 있어. 슈퍼스타였던 선수는 대부분 싱글 A부터 시작했어. 게다가 넌 이제 고등학교를 졸업했잖아. 무엇보다 너에게는 미국 야구의 적응과 습득이 우선이야.”

“네, 알겠어요.”

구현진이 시무룩했지만, 다시 힘을 내기로 했다.

“그래, 루키 리그에서 빨리 두각을 나타내면 두 달이 되었든 석 달이 되었든, 아니면 한 달 만에도 싱글 A로 올라갈 수 있어. 특히 더블 A에서부터는 메이저리그에 올라가려는 쟁쟁한 선수들이 많아. 거기서 괜히 주눅 들어서 적응하지 못하는 것보다는 루키 리그부터 차근차근 정복하는 것이 좋지 않을까? 현진이 너라면 한 달 안에 루키 리그를 씹어 먹어버릴 수 있잖아! 안 그래?”

“당연하죠!”

구현진은 대답한 후 이를 악물었다. 그리고 나직이 중얼거렸다.

"내가 7월까지, 아니, 올스타 브레이크 전까지 트리플 A에 꼭 올라갈 겁니다. 두고 보세요!"

구현진의 중얼거림을 들은 박동희의 입가에 스르륵 미소가 걸렸다.

구현진의 소식은 지역 일간지에서 들을 수 있었다.

[2월 17일 자. 구현진 루키 리그 오렘 하울스에 입단!]

[2월 19일 자. 오렘 하울스 루키 리그 감독! 구현진은 좋은 투수다. 특히 포심 패스트볼이 좋다! 이 선수는 금방 위로 올라갈 것이다.]

[3월 3일 자. 첫 연습 경기, 5이닝 3피안타 무실점 10탈삼진 호투!]

[4월 1일 자. 구현진 승격 임박! 싱글 A로 가나?]

[4월 17일 자. 구현진 싱글 A가 아닌 하이 싱글 A인 인랜드 엠파이어 식스티식서스로 승격!]

[4월 30일 자. 구현진 하이 싱글 A 맹폭! 7이닝 13탈삼진. 감독, 어메이징! 이런 투수가 없다!]

[5월 5일 자. 구현진 두 번째 등판! 홈런 두 방 맞았으나,

14탈삼진! 삼진 잡는 괴물! '구의 포심 패스트볼은 진짜다.' 상대 팀 감독도 인정한 괴물 투수로 성장한 구!]

[5월 25일 자. 구현진 더블 A행! 더블 A 감독, '구가 진짜인지, 아닌지는 한 경기만 지켜보면 안다.'라고 소신 발언!]

[5월 30일 자. 구현진 경기 전 배탈 증세로 더블 A에서 첫 부진. 4이닝 4피안타, 4사사구, 4실점. 감독, 다시 한번 기회 줄 것.]

[6월 4일 자. 구현진 6이닝 3실점. 퀄리티 스타트 기록. 감독, 구위는 좋았으나, 대체로 공이 높았다. 공을 낮게 던질 필요가 있다.]

[6월 10일 자. 구현진 더블 A에서 세 번째 등판 만에 드디어 자신의 기량을 되찾아! 7이닝 1실점 11개 탈삼진. 감독, '이제야 구가 어떤 투수인지 알겠다. 조만간, 아니, 올스타 브레이크 전까지는 트리플 A로 진출하지 않을까?' 구현진 극찬!]

[6월 16일 자. 구현진 9이닝 2실점 14탈삼진. 특유의 포심 패스트볼과 체인지업으로 상대 팀 타자 셧다운!]

[7월 1일 자. 구현진 5번째 등판에서 또다시 7이닝 무실점 10탈삼진을 선보이며 상대 팀 타자 셧다운. 감독, 구에게 조만간 좋은 소식이 전해질 것이다.]

[7월 6일 자. 구현진 드디어 트리플 A로 승격!]

3.

메이저리그 팀은 총 30개로 내셔널 리그, 아메리칸 리그 각 리그 3개 지구 5팀으로 구성되어 있다. 마이너리그 팀은 약 247개 팀으로 나뉘어 있다. 여기서 메이저리그와 마이너리그가 받는 대우는 천지차이였다.

그 첫 번째가 바로 연봉의 차이. 메이저리그 최저 연봉은 50만 달러 수준이고, 현재 메이저리그에서 최고의 연봉을 받는 사람은 다저스의 그레이트 커쇼였다. 그는 연봉 3,300만 달러의 최고 대우를 받고 있다.

트리플 A의 최저 연봉은 약 10만 달러 수준. 싱글 A 선수는 연봉 개념 자체가 없고, 월 천 달러 정도를 받고 대부분 자비를 들여 생활하고 있다.

두 번째 차이는 바로 식단이었다. 혹자는, 먹는 거 가지고 치사하게 그런다고 여기겠지만, 여기서도 엄연히 차이가 있었다.

메이저리그는 고급 뷔페 식단이 제공되고, 트리플 A는 빵과 땅콩버터에 여러 가지 잼, 저품질 햄이 추가로 제공된다. 하지만 싱글 A의 경우 선수들에게 오로지 빵과 땅콩버터만 제공된다고 한다.

구단 입장에서는 돈이 되는 메이저리거에 한해서 특급 대우를 하고 돈이 되지 않는 마이너리그 선수는 홀대할 수밖에 없다.

그러나 일각에서는 이러한 차별 대우가 선수들에게 동기를 부여하기 위함이라고도 말한다. 혹독하게 다룰수록 마이너리그 선수들은 눈물로 젖은 빵을 먹으며 메이저리그로 진출하기 위해 사력을 다하기 때문이었다.

한 번 메이저리그 그라운드를 밟아본 선수가 다시는 마이너리그로 내려가지 않으려 발버둥 치는 이유이기도 했다.

세 번째 차이는 바로 숙소다. 메이저리그는 당연히 고급 호텔이고, 마이너리그는 허름한 모텔 정도의 수준이다.

네 번째는 이동수단의 차이. 미국 대륙이 워낙 넓다 보니 장거리 원정경기도 종종 있다.

메이저리거는 편안한 전용기로 짧은 시간에 장거리를 이동하는 반면, 마이너리그 선수들은 수십 시간을 버스로 이동하며 원정경기를 힘들게 치렀다.

이 모든 경험을 마친 구현진이 메이저리그로 올라가기 위한 마지막 관문인 트리플 A에 입단했다.

구현진이 탄 차가 에인절스 산하 마이너리그 비즈 구단에 도착한 것은 오후 2시쯤이었다. 비즈 구단은 유타주 솔트레이크 시티에 위치해 있었다.

차가 주자창에 도착을 하고 구현진이 내렸다. 짙은 선글라스를 착용하고, 티셔츠와 청바지를 입고 내린 구현진은 비즈의 홈구장인 스프링 볼파크를 올려다보았다.

"드디어 왔구나!"

"네, 왔어요."

박동희 역시 비즈의 홈구장을 바라보며 감회가 새로웠다. 지난 4개월간 정신없이 앞만 보고 내달렸다. 그리고 드디어 트리플 A까지 진출을 한 것이다.

"고생했다!"

박동희가 구현진의 어깨에 손을 올리며 말했다. 구현진이 선글라스를 벗으며 고개를 돌렸다.

"형도요."

"내가 고생한 것이 뭐가 있어. 네가 고생한 거지."

"그래도 빨래에 식사까지. 거의 식모였잖아요."

"하핫. 그랬나? 몸은 힘들었지만, 재미는 있었다."

"형이 아니었다면 여기까지 올 수 없었을 거예요."

"알아주니 고맙네. 그보다 네가 약속했던 대로 진짜 올스타 브레이크가 있기 전에 트리플 A에 올라왔네!"

박동희가 신기한 듯 구현진을 바라보았다. 그러자 구현진이 열게 탄 얼굴로 피식 웃었다. 그리고 선글라스를 도로 쓰며 말했다.

“전 한다면 하는 사람이에요. 이제 가요, 형!”

“그래! 가자!”

두 사람은 차에서 가방을 꺼내 리즈의 홈구장으로 들어갔다.

“관계자가 나와 있을 텐데…….”

박동희가 주위를 두리번거리며 누군가를 찾았다. 그때 저 멀리서 헐레벌떡 뛰어오는 누군가가 있었다.

“저, 저기요……. 혹시 더블 A에서 올라온 구현진 선수입니까?”

“네, 그렇습니다.”

박동희가 곧바로 답했다.

“하악, 하악! 죄송합니다. 제가 다른 볼일을…… 보다가……. 하악!”

덩치가 산만 하고 배가 불룩하게 튀어나온 사내는 여기까지 뛰어왔는지 숨을 헐떡이고 있었다. 그 모습이 안쓰러워 보였다.

“괜찮으니까, 숨부터 고르세요.”

박동희가 조용히 말했다. 그러자 사내는 허리를 굽히고, 손을 무릎에 댄 채 숨을 크게 몰아쉬었다. 그렇게 몇 번 하고 나더니 사내가 고개를 들었다.

“감사합니다, 저는 이곳 비즈의 선수 담당자 에릭 오입니다.”

“반갑습니다, 저는 구현진 선수의 에이전트인 박동희입니다.”

“네, 안녕하세요.”

두 사람은 악수했다.

“일단 사무실로 안내해 드리겠습니다.”

에릭 오가 앞장서서 걸어갔다.

“안 그래도 구현진 선수에 관한 얘기를 많이 들었습니다. 4개월 만에 루키 리그에서 트리플 A까지 진출했다고, 대단한 루키가 올라왔다고 말입니다.”

“하하, 그래요?”

“그럼요. 저희 구단 역사상 이렇게 빨리 올라온 선수는 없었거든요. 빠르면 1년? 늦으면 4~5년씩 걸리죠.”

에릭 오는 사무실로 안내하면서도 쉴 새 없이 얘기했다. 아직 영어를 하지 못하는 구현진은 구장을 구경하느라 정신이 팔려 있었다.

박동희만 그의 수다에 하나하나 답변해 주느라 정신이 없었다. 속으로는 제발 말 좀 그만했으면 하는 바람이었다.

“자, 이곳이 라커 룸이고요. 여기가 웨이트 트레이닝실, 그리고 저기가 감독실입니다.”

에릭 오가 복도를 걸어가며 하나하나 설명해 주었다.

“지금 경기가 한창 진행되고 있어서요. 그것 때문에 아까 좀 늦게 나갔던 겁니다. 경기가 끝나면 감독님과 선수들을 만나게 해드릴게요."

"네? 경기요? 지금 하고 있어요?"

"네. 하고 있는데요?"

에릭 오가 눈을 끔뻑끔뻑했다.

"죄송한데요. 지금 구경할 수 있을까요?"

"가능은 하지만……."

"부탁드릴게요."

"알겠습니다. 따라오세요."

에릭 오는 가던 걸음을 돌려 곧바로 더그아웃 쪽으로 들어갔다. 구현진이 더그아웃에 들어선 순간 관중들의 함성과 경기를 하는 선수들의 거친 호흡 소리가 동시에 들려왔다.

파아앙!

"스트라이크. 타자 아웃!"

"오우! 뭐 하고 있는 거야, 필립! 내가 누차 말했잖아. 변화구에 속지 말라고! 도대체 몇 번을 얘기하게 하는 거야!"

필립이라 불린 백인 남성이 감독에게 한 소리를 듣고 있었다.

"죄송합니다."

"죄송? 그 말도 몇 번째야! 너 메이저리그에 올라가기 싫어? 그거 고치지 전까지는 넌 평생 마이너야!"

"아, 알겠어요. 일단 수비부터 하고요!"

필립은 부랴부랴 글러브를 챙겨서 그라운드로 뛰어나갔다. 감독은 한숨을 푹 내쉬었다.

"하아, 미치겠네……."

에릭 오가 감독을 불렀다.

"마이클 본 감독님!"

마이클 본 감독이 고개를 돌렸다.

"오, 에릭! 여긴 어쩐 일이야."

"시합 중에 죄송합니다."

"아니, 뭐 괜찮아."

"그런데 오늘도 여전하시네요."

"이것 참. 내가 또 부끄러운 모습을 보였네. 응?"

마이클 본 감독이 에릭 오 뒤에 서 있는 구현진을 보았다.

"에릭, 혹시 저 친구가 더블 A에서 콜업된 구현진인가?"

"아, 예에. 경기하고 있다고 하니까. 구경하고 싶다고 해서요. 실례가 안 된다면……."

"상관없어! 구경하라고 해."

"네."

구현진이 구석진 벤치에 앉았다. 마이클 본 감독이 그런 구현진의 모습을 힐끔힐끔 보았다. 그러다가 에릭 오를 툭 치며 물었다.

"저 녀석, 우리 팀에 정식 등록된 거 맞지?"

"네, 오전에 등록되었어요."

"그래? 그럼 가능하다는 말이네……."

마이클 본 감독이 손에 턱을 괴며 중얼거렸다. 그것을 들은 에릭 오의 눈이 커졌다.

"감독님, 설마……. 안 됩니다."

"뭐, 뭐가? 내가 뭘 어쩌려고 했는데 안 된다고 해?"

"구현진 선수를 곧바로 출전시키려고 그런 거잖아요."

"호오, 역시! 에릭은 눈치가 빨라!"

"어쨌든 안 됩니다."

"선수 등록되었다며?"

"그래도 이제 막 도착한 사람이에요. 바로 실전 투입은 무리라고요. 게다가 아직 유니폼도 못 받았다고요."

에릭 오가 강하게 맞섰다.

"뭐? 아직 유니폼도 안 줬어? 뭐 하고 있는 거야? 그런 건 미리미리 준비해 뒀어야지."

마이클 본 감독이 괜히 에릭 오에게 핀잔을 줬다.

"내가 어디 일이 한두 개예요? 몸이 열 개라도 모자랄 지경인데……."

"후후, 하긴 에릭 자넨 한 사람 몫으로 열 사람 몫을 하니까. 뭐, 이해하네."

"아이고, 감사합니다."

"후후. 그보다 실전처럼 확실한 테스트는 없는데……. 아쉽지만, 경기가 끝나고 해야 하나?"

마이클 본 감독이 경기에 집중하고 있는 구현진을 힐끔 쳐다보았다. 구현진은 감독이 뭐라 하든 상관하지 않고 오로지 경기에 집중하고 있었다.

'트리플 A의 수준을 직접 확인할 기회야.'

구현진이 속으로 중얼거렸다.

경기는 어느덧 9회 초에 접어들었다. 비즈의 투수가 힘이 빠졌는지 첫 타자 초구부터 공을 때려냈다. 유격수가 몸을 날려 간신히 캐치했지만 글러브에서 공을 빼내는 시간이 걸려 그만 1루에서 세이프가 되었다.

"지금 장난해? 그 정도는 아웃시켜야지!"

"시끄럿! 네가 제대로 던졌어야지. 내가 잡아준 것만으로도 다행으로 알아!"

두 사람의 말다툼을 보며 구현진은 피식 웃었다. 그리고 투수는 그다음 타자마저 볼넷으로 내보냈다. 9회 초 비즈가 2점 리드하고 있는 상황에서 노아웃 1, 2루에 주자가 위치했다.

비즈의 주전 포수가 자리에서 일어나 마운드로 향했다.

"헤이, 비니! 쫄았냐?"

"쪼, 쫄아? 내가? 농담하지 말라고!"

"그런데 왜 맞서질 못해. 스트라이크가 전혀 안 들어오잖아! 이럴 거면 그냥 내려가!"

"뭐, 뭐라고? 반즈, 너 말 다 했어?"

"이봐! 저런 허접한 녀석들도 처리하지 못해서 노아웃에서 두 명이나 내보내? 메이저리그가 만만해 보여? 여기서도 이러면 어쩌자는 거야? 네가 공만 제대로 던졌어도 투아웃이었어!"

반즈는 투수 비니의 정곡을 팍팍 후벼 팠다. 비니의 표정이 순간 일그러졌다. 그때 마이클 본 감독이 더그아웃에서 나오며 심판에게 소리쳤다.

"투수 교체!"

마이클 본 감독이 마운드로 향했다. 그러자 비니가 반즈를 째려보았다.

"두고 봐, 반즈!"

"시끄러! 담력이나 키우고 말해!"

마이클 본 감독이 불펜에 손짓했다. 그러자 불펜 문이 열리며 비즈의 마무리 투수가 뛰어나왔다. 큰 키에 호리호리하게 생긴 쿠바 출신의 투수였다.

"에르난데스, 오늘도 잘 부탁해."

"팍팍 꽂아 넣어버려!"

"뒤는 우리에게 맡기라고!"

그러자 에르난데스가 몸을 돌렸다.

"확실하게 믿어도 돼? 오늘 확실하게 수비해 줄 거야?"

"하핫! 뭐, 그건 장담 못 하겠다!"

"내가 그럴 줄 알았어."

에르난데스가 인상을 쓰며 스파이크로 마운드의 흙을 팍팍 골랐다. 그리고 10개의 연습구를 던진 후 고개를 끄덕였다.

심판이 곧바로 플레이를 외쳤다. 구현진은 마무리 투수인 에르난데스에게서 시선을 떼지 못했다.

'과연 어떤 공을 던질까?'

에르난데스가 킥킹을 한 후 탄력 있게 앞으로 튕겨져 나갔다. 마치 활시위를 힘차게 당겼다가 놓은 것 같았다.

파앙!

"스트라이크!"

단 1구로 인해 구현진의 눈이 커졌다. 바깥쪽에 완벽하게 제구된 빠른 공이었다. 하지만 그 후로는 볼 두 개가 연속으로 들어왔다.

'제구력은 부족하지만 역시 공이 빨라! 160㎞/h는 넘는 것 같은데?'

구현진이 눈을 반짝이며 지켜보았다. 투 볼 원 스트라이크인 상황, 에르난데스가 4구째를 던졌다.

딱!

공이 포수 머리 위로 높이 치솟았다. 포수가 마스크를 벗어

공을 안전하게 포구했다. 구현진은 에르난데스의 투구를 지켜보며 그가 자신과 좀 닮았다고 생각했다.

'투구하는 모습에서 배짱이 느껴지는데? 마치 맞아도 좋다, 한번 해보자는 당당한 느낌이 전해져!'

박동희도 똑같은 것을 느낀 모양이었다.

"현진아, 저 녀석 너랑 투구하는 모습은 다른데 마인드는 비슷한 것 같다."

"네, 저도 그렇게 느꼈어요."

구현진이 피식 웃었다. 게다가 똑같은 좌완 투수였다. 다음 타석에 좌타자가 들어섰다. 흑인 타자였는데 파워가 있는 타자라 에르난데스는 공을 낮게 던지려 했다.

퍼엉!

상대 타자는 일단 스트라이크존 바깥쪽으로 들어가는 초구를 지켜보았다. 에르난데스는 2구째도 같은 코스로 공을 던졌다. 역시 스트라이크를 기록하며 볼 카운트는 투 스트라이크가 되었다.

3구째, 몸 쪽 깊숙한 코스로 공을 던져 에르난데스가 헛스윙 삼진을 잡아냈다. 노아웃 1, 2루인 상황에서 마무리로 나온 에르난데스가 7개의 공으로 2아웃을 잡아내며 진화에 나섰다.

이제 아웃카운트 하나면 경기를 마무리 짓는 상황이 되었다. 에르난데스는 마운드를 고르며 호흡도 함께 골랐다.

"이야! 역시 공이 좋네."

구현진이 저도 모르게 탄성을 질렀다. 그 소리에 마이클 본 감독이 고개를 돌렸다. 환한 얼굴로 에르난데스의 투구에 푹 빠진 구현진을 보며 피식 웃었다.

"훗, 웃는 게 애 같군."

그사이 에르난데스는 5번 타자를 상대로 초구 몸 쪽 공을 던졌다.

딱!

방망이 안쪽에 맞은 공이 좌익수 방향 뜬 공이 되었다. 그 순간 에르난데스가 손을 높이 쳐들며 소리쳤다.

"뜬 공이다!"

구현진도 공이 뜨자 이닝을 마무리될 것으로 생각했다. 그런데 공이 조금 애매한 지점으로 향했다. 3루수, 좌익수, 유격수가 동시에 자신들이 잡겠다며 달려들었다.

하지만 세 사람이 뒤엉키며 공을 그만 놓치고 말았다. 그냥 평범한 뜬 공을 안타가 되게 하고, 주지 말아야 할 점수를 주고 말았다.

"헉……."

구현진은 그 광경을 보며 놀랐다. 아무리 마이너리그 선수라고 하지만 메이저리그를 노리는 선수들이었다. 콜업 플레이만 잘했다면 그냥 평범한 뜬 공으로 끝났을 이닝이었다.

"젠장!"

에르난데스가 인상을 쓰며 거칠게 마운드를 걷어찼다. 2루 주자가 홈에 들어오고 1루 주자는 3루까지 갔다. 2사 주자 1, 3루가 되었다. 마이클 본 감독은 손으로 머리를 짚었다.

"하아, 또 시작이네."

좌익수 앞 플라이를 놓친 것이 시작이었다. 유격수가 평범한 땅볼을 놓치며 내야 안타를 허용, 비즈가 점수를 내주고 말았다.

악재는 그것으로 끝이 아니었다. 수비수 실책으로 점수를 허용하자 에르난데스의 제구가 흔들리기 시작했고 결국 폭투 끝에 또 한 점을 허용하고 말았다. 이 모든 상황을 지켜보고 있던 구현진은 도무지 이해할 수가 없었다.

"형! 이게 말이 돼요? 2아웃까지 잘 잡아놓고 세 번의 실책으로 역전이 되었어요!"

박동희는 손뼉을 치며 뭔가를 떠올렸다.

"아, 맞다. 이제야 생각이 났네. 원래 비즈가 팀 방어율과 팀 실책율이 최하위야."

"뭐라고요? 그걸 왜 이제야 말해요?"

"깜빡했네. 미안!"

"하아……."

구현진은 어이가 없는 얼굴이 되었다. 그 뒤에 에르난데스가 타자를 삼진으로 잡으며 9회 초 이닝이 끝이 났다. 선수들이 하나둘 더그아웃으로 돌아왔다. 세 명의 선수가 서로를 탓하며 떠들어대고 있었다.

"야! 내가 먼저 콜했는데 달려들면 어떻게 해!"

"무슨 소리야. 공 떨어지는 위치로 봐서는 내가 잡아야 했어!"

"닥쳐! 제대로 집중 안 할래! 오늘 나 중요한 데이트 약속 있단 말이야."

"데이트? 잭, 데이트 있어? 상대가 누군데?"

"있어!"

"혹시 전에 펍에서 만난 그 여자?"

그러자 잭의 입꼬리가 씨익 올라갔다.

"아무튼 잭, 저 녀석 여자 꼬시는 기술은 타고났다니까."

"그 기술을 야구 발전하는데 좀 할애했다면 벌써 메이저리그에 올라갔을 텐데."

"킥킥킥! 맞는 말이다."

그들은 또 언제 싸웠냐는 듯 웃고 떠들고 있었다. 고등학교 때 벤치 분위기하고는 달라도 너무 달랐다. 미국이라서 더 그런 듯했다. 자유로운 영혼을 가진 그들의 성격도 한몫한 것 같았다.

"자자! 집중해서 역전 가자!"

구현진은 그들의 모습을 보다가 박동희에게 말했다.

"형, 적응하려면 시간이 좀 걸릴 것 같은데요?"

"후후……."

박동희는 그저 웃음만 지을 뿐이었다. 그사이 비즈의 1번 타자 노아가 내야 안타로 진출했다. 발 빠른 주자가 1루에 나가자 상대방 배터리가 잔뜩 긴장했다.

2번 타자 베이트가 타석에 등장하고 곧바로 보내기 번트로 주자를 2루로 내보냈다. 그때 팀의 3번 타자 호세 브레유가 타석에 섰다. 피부가 약간 까무잡잡했다.

"아, 맞다!"

갑자기 박동희가 손뼉을 쳤다.

"형, 왜 그래요?"

"또 한 가지 비즈에 대해서 말 안 한 게 있다.

"뭔데요?"

"바로 팀 타율이 전체 1위야!"

"네에? 그럼 전형적인 공격형 팀인 거예요?"

"그렇지! 그리고 매년 퍼시픽 코스트 리그에서 우승을 다투는 강팀에 속해!"

"헐, 진짜요?"

"그래!"

"팀 방어율이랑 실책이 높은데도요?"

"그만큼 공격력이 좋다는 얘기겠지."

박동희의 얘기를 듣고 구현진은 고개를 끄덕였다. 그사이 3번 타자 호세 브레유가 센터 앞 안타를 치며 2루 주자 노아가 득점에 성공했다.

계속해서 4번 알드리지가 들어섰다. 그리고 상대 팀 마무리 투수의 2구째 패스트볼을 통타해 좌익수 담장을 넘기는 굿바이 투 런 홈런을 만들었다.

"헉!"

구현진은 너무 놀라 입을 다물지 못했다. 실책을 했지만, 그 다음 공격에 곧바로 만회했다.

"대, 대단하다. 형, 나 이 팀 진짜 맘에 드는데요?"

"후후, 그럴 줄 알았다. 자, 이제 경기도 끝났고 사무실로 가자. 빨리 마무리 짓고 선수들하고 인사를 나눠야지."

"아, 그래요."

구현진이 자리에서 일어났다. 잠깐이었지만 구현진은 재미난 경기를 본 것에 매우 만족스러웠다. 박동희와 구현진은 에릭 오와 함께 다시 사무실로 향했다.

4.

구현진이 다시 그라운드에 모습을 드러냈다. 경기를 마친 선수들이 마무리 훈련을 하고 있었다. 그사이 구현진은 마이클 본 감독과 정식으로 인사를 나누었다.

"트리플 A에 입성한 것을 환영하네."

"감사합니다. 많은 지도 부탁드리겠습니다."

"훗, 지도는 하겠지만, 성장은 너의 몫이야."

"알고 있습니다."

"일단 선수들하고는 알아서 차차 친해지고, 우선은 좀 쉬게. 더블 A에서 올라온 지 얼마 되지도 않았을 텐데."

"괜찮아요. 그냥 운동장에 나가서 구경해도 되죠?"

"그렇게 하든가."

"네, 감사합니다."

마이클 본 감독과는 짧게 얘기를 주고받았다. 어쨌든 빠른 적응을 위해 힘써주겠다고 했다.

그리고 마무리 훈련이 한창인 운동장으로 나갔다. 구현진도 마무리 운동을 같이하고 싶었다. 무엇보다 적응도 해야 하고, 동료들과도 최대한 빨리 안면을 익혀야 했다. 그러기 위해서는 직접 부딪치는 방법밖에 없었다.

구현진이 방금 막 경기를 마친 선수들 사이로 모습을 드러냈다. 몇몇 선수가 구현진을 힐끔 쳐다보았지만, 그것이 다였다. 모두 자기 연습에 집중하고 있었다.

구현진은 그들의 모습을 찬찬히 살폈다. 그런데 반 이상이 메이저리그 경험이 있는지 어딘지 모르게 풍기는 기운이라든지, 훈련에 임하는 자세 그리고 눈빛이 달랐다.

구현진은 언젠가 이런 말을 들었던 적이 있었다.

〈메이저리그를 경험해 본 사람은 눈빛부터가 다르다. 그곳의 생활과 이곳의 생활이 너무나 차이가 나기에 다시 한번 그 달콤함을 느끼기 위해 지독하게 훈련에 임한다. 그런 그들을 밟고 올라가기 위해서는 몇 배는 더 노력해야 한다고…….〉

구현진은 그 말이 이제야 가슴에 와닿는 느낌이었다.

그런데 다른 한쪽에 있는 몇몇 선수가 풀이 죽어 있었다.

두 그룹이 상반된 분위기를 가지고 있었다.

"저쪽 분위기 왜 저래?"

구현진이 혼잣말을 중얼거렸다. 그러자 옆으로 박동희가 다가왔다.

"간단해. 저쪽은 메이저리그를 밟아본 선수, 저쪽은 그렇지 못한 선수! 한마디로 자신의 한계가 딱 트리플 A라는 거지."

박동희의 말을 듣고 구현진은 고개를 끄덕였다. 막 생기가 넘치는 선수들은 메이저리그 올라갈 가능성이 큰 선수들이었다. 하지만 칙칙한 분위기의 선수들은 그렇지 않다는 것이었다. 이렇듯 선수들끼리도 극명하게 갈리고 있었다.

“그럼 넌 여기서 어느 그룹에 들어야겠어?”

“당연히 생기 넘치는 그룹 쪽이죠?”

“후후, 그럴 줄 알았어.”

박동희가 구현진의 등을 토닥였다.

“자, 불펜으로 가자.”

“네.”

구현진이 박동희와 함께 불펜으로 향했다. 그곳에는 어느새 마이클 본 감독이 나와서 투수코치와 얘기를 나누고 있었다. 마이클 본 감독은 구현진을 보고 고개를 갸웃했다.

“어? 왔나?”

“네, 감독님.”

투수코치가 구현진을 보았다.

“자넨…….”

“더블 A에서 오늘 막 올라온 구현진입니다.”

“아? 자네가 구현진인가?”

“네.”

“잘 왔네. 난 투수코치인 마르코라 하네.”

마르코가 손을 내밀어 악수를 청했다. 구현진도 그 손을 덥석 잡았다. 마이클 본 감독이 구현진을 보며 물었다.

“불펜 경험은?”

"불펜이요?"

그러자 코치가 서류를 확인하고 곧바로 나섰다.

"구는 선발로만 뛰었습니다."

"뭐? 지금 불펜 자원이 없어 죽겠는데, 마이너리그에서 더블 A 선발 자원이 뭐가 중요해. 여기서 선발 안 뛰어본 놈이 누가 있어?"

마이클 본 감독은 구현진을 무시하며 열을 냈다. 그 말을 들은 박동희의 표정이 좋지 않았다. 구현진 역시 알아듣지는 못했지만, 표정만으로도 감독이 좋지 않은 말을 했다는 것을 알았다.

"일단 공이라도 확인해 보지. 브레드 불러! 그리고 너는 마운드에 올라가고."

박동희가 곧바로 얘기를 해주었다.

"아무래도 테스트를 할 모양이야. 괜찮겠어?"

"상관없어요. 어차피 저도 빨리 그러고 싶었어요."

구현진은 상관없다는 듯 고개를 끄덕이고는 마운드로 향했다. 그사이 브레드가 모습을 드러냈다.

"코치, 저 녀석의 공을 치면 되는 겁니까?"

"그래, 봐주지 말고. 확실하게 쳐!"

"걱정하지 마십시오."

브레드는 비즈의 5번 타자였다. 타격 센스는 물론 장타력도 갖추고 있어 항상 콜업 대상이었다. 물론 에인절스에서도 매니 트라웃의 뒤를 받쳐줄 만한 선수로 여기고 있었다.

"어이 반즈! 공 좀 받아줘."

코치가 주전 포수인 반즈에게 소리쳤다. 반즈는 이미 장비를 풀고 있었다.

"오늘 훈련은 여기까지 하죠. 너무 힘든데요?"

"그래? 그럼 혼조!"

혼조라고 불린 후보 포수 한 명이 나왔다. 동양계 선수인 혼조 토모이츠는 일본인 포수였다. 수비형 포수로서 타격은 별로 좋지 않지만, 수비 하나만은 탁월했다.

"네."

"자네가 공 좀 받아!"

"알겠습니다."

혼조는 장비를 착용하고 포수 자리로 왔다. 그런데 마운드에 오르지 않고 곧바로 테스트를 시작했다. 구현진은 고개를 갸웃했다.

"저 포수 뭐지? 구종이라든지, 사인을 서로 체크해야 하는 거 아니야?"

하지만 혼조는 전혀 그러지 않았다. 그리고 곧바로 사인을 보냈다.

'포심 몸 쪽?'

원래 사인은 기본적으로 같았다. 그중에서 몇 가지 사인을 정해놓고 던지는 것이었다. 상대 팀이 사인을 훔치지 못하게 말이다. 하지만 여기서는 굳이 그럴 필요가 없었다.

혼조는 포수 마스크 사이로 눈빛을 반짝이며 속으로 생각했다.

'새끼, 얼마나 던지는지 어디 한번 볼까?'

몸 쪽으로 바짝 앉으며 포수 미트를 들었다. 구현진은 별다른 제스처 없이 공을 던졌다.

딱!

브레드는 여지없이 그것을 안타로 만들었다. 두 번째 공 역시 마찬가지였다.

'어라? 이 공도 치네? 제법이야.'

구현진은 마운드를 고르며 실실 웃고 있었다. 그 모습을 본 혼조가 자리에서 일어나 구현진에게 향했다.

"야, 넌 이게 재미있냐?"

그 순간 구현진이 깜짝 놀랐다. 다가온 포수가 한국말을 했기 때문이었다.

"어? 우리나라 말이잖아. 너 한국인이야?"

"아니, 일본인이거든!"

"그런데 왜 그렇게 잘해!"

구현진의 물음에 혼조가 살짝 주춤거렸다.

"반은 한국인이야."

"그럼 재일 교포?"

구현진은 여기서 한국어를 하는 사람을 만난 것이 너무 신기했다. 그래서 계속해서 질문을 던졌다. 하지만 혼조는 한국어가 중요한 것이 아니었다.

"야, 지금 내가 한국어를 하는 게 중요해? 그리고 뭐가 그리 좋아서 실실 웃고 있냐고! 지금 이 상황이 재미있어?"

혼조가 성을 내자 구현진이 의아해했다.

"왜 그래? 이 상황이 어때서?"

"너 여기서 안타 하나만 더 맞으면 아웃이야."

"뭐? 감독은 열 타석 상대하기로 했는데."

"그건 너의 생각이고, 열 타석에서 안타 3개를 치면 3할인데, 그럼 네가 진 거야!"

"야, 말도 안 돼!"

구현진은 어이가 없어 했다. 하지만 혼조의 얼굴은 진지했다.

"내가 거짓말하는 것처럼 보여? 장난 아니라니까. 아무튼, 난 얘기했다. 여기서 안타 하나만 더 맞으면 던질 기회가 없어질 거야!"

"그래? 그렇단 말이지?"

구현진의 입꼬리가 슬며시 올라갔다.

"왜 그렇게 웃어?"

"아니, 진즉에 알았으면 안타 안 내줬지. 난 저 녀석이 얼마나 잘 치나 해서 살살 던졌는데. 그런데 역시 제법 치더라! 아까 경기 때 저 녀석이 결승타를 날렸지? 어쩐지……."

구현진은 피식 웃었고 혼조는 그런 모습을 보며 한숨을 내쉬었다.

"역시……. 그럴 줄 알았어. 야, 그런 거 시험하지 마! 제일 싫으니까. 그리고 진지하지 못한 것도 제일 싫어해! 넌 진지해질 필요가 있어."

혼조의 구박에 구현진이 피식 웃었다.

"그럼 나도 하나 묻자!"

"뭐?"

"너는 왜 리드를 그렇게 해? 내가 보니까, 저 녀석이 딱 치기 좋은 코스로만 요구하던데?"

"그, 그건……."

혼조가 구현진의 눈을 피하며 말을 얼버무렸다.

"이봐, 이봐! 딱 걸렸어! 너 내가 맞길 바랐지? 솔직히 말해봐!"

"아, 아니거든……."

"뭐가 아니야? 그럼 내 눈은 왜 피해?"

구현진이 따지고 들어오자 혼조는 서둘러 마운드를 내려왔다.

"야, 쓸데없는 말 하지 말고 이번부터라도 제대로 던져!"

그리고 자신의 자리로 갔다. 그리고 마이클 본 감독을 힐끔 쳐다보았다.

"젠장! 이러다가 나도 찍히겠어!"

혼조는 두 번째 안타를 맞았을 때 마이클 본 감독이 중얼거렸던 소리를 들었다.

"투수나 포수나 형편없군!"

그 말을 듣자마자 정신을 차린 혼조가 냉큼 마운드로 올라온 것이다.

마이클 본 감독도 포수인 혼조의 속내를 어느 정도 눈치채고 있었다. 일부러 공을 맞게끔 리드한다는 사실을 말이다. 그래서 혼조 귀에 들어가게끔 목소리를 낸 것이었다.

혼조는 항상 그런 생각이 있었다. 남들이 못해야 그나마 자신이 올라갈 확률이 높아진다는 것을 말이다. 그런 혼조의 행동을 마이클 본 감독은 일찌감치 알고 있었다.

그래서 수비 실력이 좋아도 후보 포수로 계속 뒀던 것이었다. 그런데 이번에도 그런 행동을 보이자 한 소리를 했다.

혼조가 포수 자리로 가다가 다시 유턴했다. 구현진이 있는 마운드로 다시 향한 것이다.

"왜 또?"

"야! 나도 진지해질 테니까. 너도 진지해져! 어차피 안타 두 개 맞은 건 어쩔 수 없고. 이제부터 내가 던지라는 곳에 던져!"

"싫어."

구현진이 싱글벙글 웃으며 말했다.

"뭐?"

"싫다고."

"왜?"

"네가 안타 맞으라고 던지게 했잖아."

"그때는……. 아, 됐고. 아무튼, 이번에는 안 그래!"

"네 말을 어떻게 믿어?"

"그럼 나보고 어쩌라고?"

혼조도 답답한지 물었다.

그러자 구현진이 진지한 표정으로 말했다.

"너 모르나 본데 좀 전까진 내 베스트가 아니었어. 아까의 공 두 개는 몸 푸는 식으로 던진 거야. 한 70% 정도 되나? 아마 그럴 거야."

구현진의 말에 혼조는 어이없는 웃음을 흘렸다.

"웃기지 마! 어디서 허세를 부리냐?"

"허세? 못 믿겠으면 아까처럼 몸 쪽 공을 요구해 봐. 내가 제대로 보여줄 테니까."

"하아, 지금 나랑 장난치는 거야? 너 하나만 맞으면 끝이라니까."

"알았으니까, 다시 한번 그 코스로 요구해 봐. 내가 제대로 보여준다니까!"

"고집하고는! 나도 몰라, 네 멋대로 던져!"

혼조가 다시 마운드를 내려가 포수 자리에 앉았다. 그러고는 구현진의 말대로 안타 맞았던 몸 쪽으로 사인을 보냈다.

구현진이 가볍게 고개를 끄덕였다. 그 순간 마운드에 있는 구현진의 모습이 달라졌다. 조금 전까지 웃음기 가득한 구현진은 온데간데없었다. 팔을 축 늘어드린 채 포수 미트를 응시했다.

"후우."

구현진이 낮은 숨을 토해냈다. 천천히 자세를 잡았을 때 구현진의 진지한 눈빛이 드러났다.

'어라? 분위기가 바뀌었다.'

혼조가 대번에 눈치를 챘다. 구현진은 잠시 호흡을 고른 후 포수 미트를 향해 힘껏 공을 던졌다. 그런데 공이 몸 쪽으로 오지 않고, 한복판으로 날아왔다.

"저, 저 새끼가……."

혼조가 화들짝 놀라며 급히 미트를 이동시켰다.

그리고…….

퍼엉!

브레드는 꿈쩍도 하지 못했다. 분명 한복판으로 날아온 공이었다. 평소의 브레드라면 이 공을 때려 홈런을 쳤을 공이었다. 하지만 방망이가 나가지 않았다.

"뭐, 뭐지? 어떻게 된 거야?"

공을 받은 혼조는 물론 주위에서 구경하던 선수들도 놀라고 있었다. 특히 직접 타석에 선 브레드가 더 놀랐다.

"우씨! 뭐야, 이 공은……."

구현진은 앞서 던진 두 개의 공은 구속은 143~145㎞/h 정도의 속도였다. 그런데 이번 공의 구속이 152㎞/h까지 찍힌 것이다. 갑자기 7~9㎞/h가 오른 데다 라이징성 패스트볼로 날아들었다.

혼조는 미트에서 공을 빼내 구현진에게 던졌다.

"이런 공을 던질 줄 알면서 왜 그런 형편없는 공을 던진 거야!"

구현진이 피식 웃으면서 소리쳤다.

"너도 날 테스트했듯이, 나도 널 테스트했어. 내 공을 받을 수 있을지 없을지 말이야."

"뭐라고?"

혼조가 버럭 했지만, 구현진은 그냥 미소만 지었다. 공을 받은 후 구현진은 투구판에 발을 올려놓았다.

'내 공을 받았어. 역시 젬병은 아니었네. 제대로 던질 수 있겠어! 노른은 내 공을 잘 잡지도 못했는데…….'

구현진은 트리플 A까지 올라오면서도 100%로 공을 던진 적이 없었다. 포수들이 대부분 구현진의 공을 잡지 못했기 때문이었다.

그래서 혼조도 혹시나 그런가 싶어서 힘을 빼고 던져보았다. 다행히 그는 공을 잘 잡아주었다.

“그럼 제대로 공을 던져볼까?”

그 후로 구현진의 공은 거침이 없었다. 150㎞/h대 후반의 공을 뿌려대며 브레드를 삼진으로 돌려세웠다. 그 뒤로 연속으로 두 번 삼진을 당하자 마이클 본 감독이 브레드를 빼버렸다.

그리고 팀의 4번 타자인 알드리지를 불렀다. 알드리지는 메이저리그와 트리플 A를 왔다 갔다 하는 선수였다. 일발 장타력은 있지만, 정확도가 조금 부족했다. 하지만 빠른 공에는 무척이나 강했다.

구현진은 알드리지를 상대로도 삼진으로 쏟아내고 있었다. 빠른 공에 강한 알드리지도 구현진의 제구가 잘된 빠른 공은 쉽게 공략하지 못했다.

결국, 다섯 번째 대결마저 삼진으로 돌려세우자 마이클 본 감독이 손을 들고 나왔다.

“타임!”

마이클 본 감독이 구현진에게 다가갔다.

"너, 계속 패스트볼만 던질 거야?"

"아직 못 치는데요?"

구현진 대담하게 말했다. 그러자 마이클 본 감독이 피식 웃었다.

"훗, 배짱 맘에 드는데. 좋아, 우리 팀에 패스트볼을 잘 치는 녀석이 있는데 그 녀석과 상대해 보겠어?"

"누구든지 상관없어요."

구현진의 자신만만한 말투에 마이클 본 감독이 고개를 끄덕였다. 그리고 더그아웃을 향해 손짓했다. 그러자 피부가 검은 녀석이 방망이를 들고 나왔다.

"부르셨어요?"

마이클 본 감독의 손짓에 반응한 선수는 올 가을에 메이저리그에 콜업이 확정이 된 신성, 호세 브레유였다.

구단에서 이미 매니 트라웃 앞에 놓을 팀의 3번 타자감으로 낙점했을 정도로 호타준족의 타자였다. 호세 브레유가 타석에 들어서며 방망이를 휘둘렀다.

구현진이 녀석을 보며 고개를 끄덕였다. 뭔가 위험하다는 느낌은 들었다.

'저 녀석은 아까…….'

동점 적시타를 날린 녀석이었다.

'빠른 공에 강하다고? 그럼 내가 붙고 싶어지잖아.'

구현진의 입가에 스르륵 미소가 번졌다. 아무리 빠른 공에 강하다고 해도 쉽게 겁을 먹고 패스트볼을 안 던질 구현진이 아니었다.

혼조는 초구를 바깥쪽 포심 패스트볼로 요구했다. 구현진이 가볍게 고개를 끄덕인 후 혼조가 요구한 곳으로 공을 찔러 넣었다. 그러자 호세 브레유가 기다렸다는 듯이 방망이를 휘둘렀다.

딱!

호세 브레유가 휘두른 방망이 끝에 공이 맞아 퍽 하며 방망이가 부러져 버렸다.

"오우!"

주위에서 탄성이 흘러나왔다. 마무리 훈련을 하다 말고, 두 사람의 대결을 지켜보고 있었다.

호세 브레유는 부러진 방망이를 한 번 보고는 더그아웃으로 갔다. 자신의 가방에서 새 방망이를 꺼내 다시 타석으로 걸어왔다.

구현진은 다시 몸 쪽으로 공을 던졌다. 그러자 흑인 특유의 유연성으로 허리를 돌리더니 가볍게 때려냈다.

딱!

공이 좌중간으로 쭉 날아가더니 펜스에 맞고 떨어졌다. 2루타성 공이었다. 혼조가 타석에서 일어나 구현진에게 향했다.

"뭐야? 자신만만하더니……."

"뭐, 잘 때리네. 잘 때리는 것은 어쩔 수 없는 거지. 역시……. 경기 때도 봤지만 강해!"

"이제 어떻게 할 거야? 변화구 던질래? 그래야 할 것 같은데?"

"변화구를 던져도 되는데……. 그래도 하나 맞은 것 가지고 곧바로 변화구로 가기에는 좀 그렇지 않냐?"

"또 고집부리네. 또 안타를 맞으면? 그때는 진짜 끝일 것 같은데."

"너, 아까도 끝이라고 했거든!"

"이번에는 진짜야!"

"알았어, 알았어. 하나 더 맞고 얘기하자!"

"하아……. 내가 진짜……."

혼조는 구현진을 바라보다가 손을 들었다.

"알았어! 네 맘대로 던지세요. 그러나! 만약에 하나 더 얻어맞으면 그때부터 내가 던지라는 대로 던져!"

"알았어!"

"약속이다!"

"알았다니까!"

혼조가 다짐을 받고 마운드를 내려갔다. 그러면서 고개를 갸웃하며 중얼거렸다.

"도대체 뭘 보여주려고 그러는 거지? 아직 구속이 더 나오나?"

혼조가 포수 자리에 와서 앉았다. 마스크를 쓰고 미트를 들었다. 그때를 같이해 구현진이 킥킹을 하며 힘차게 공을 던졌다.

퍼어엉!

공이 미트에 박힌 소리가 강하게 울려 퍼졌고, 스피드건에 157㎞/h의 구속이 찍혔다.

"뭐야? 구속이 또 올라갔어!"

하지만 제구가 제대로 잡히지 않은 지저분한 공이었다. 혼조의 손바닥에 지잉거리며 약간의 통증이 밀려왔다. 마스크 사이로 혼조의 엷은 미소가 번졌다.

"오호, 이것 봐라……."

구현진이 괜히 큰소리친 것이 아니라고 생각했다. 혼조가 던진 공을 받고 구현진이 다시 마운드를 골랐다. 호흡도 가볍게 한 후 다시 미트를 보았다. 별다른 사인 없이 미트의 위치로 모든 것을 말해주고 있었다.

'바깥쪽 낮은 코스!'

구현진이 고개를 끄덕였다. 이 코스는 장만호와 배터리일 때 자주 던졌던 그 코스였다. 그런데 혼조도 그쪽으로 요구하고 있었다.

'큰소리칠 만하네. 좋았어.'

구현진이 다시 힘껏 공을 던졌다.

퍼엉!

공은 여지없이 낮은 무릎 쪽으로 파고 들어갔다. 타자에게는 꽤 멀어 보이는 코스였다. 하지만 여지없이 스트라이크가 되었다. 호세 브레유가 고개를 가로저으며 타석에서 벗어났다.

구속도 조금 전보다 더 빨라졌고, 이렇듯 바깥쪽 꽉 찬 공이 들어온다면 어쩔 도리가 없었다.

"점점 더 재미있어지네."

호세 브레유 또한 지금 상대하는 구현진의 공을 더 치고 싶어졌다. 아니, 녀석이 던질 수 있는 최고의 공을 쳐서 홈런을 만들고 싶었다. 무엇보다 첫 번째 상대할 때보다 두 번째 상대할 때가 더 짜릿했다.

'구속이 올라가니까. 공의 위력도 더 세지네.'

호세 브레유가 방망이를 쥔 손에 절로 힘이 들어갔다. 그리고 몸 쪽 깊숙이 찔러 들어오는 공에 꿈쩍도 하지 못하고 삼진을 당했다.

"젠장!"

호세 브레유가 처음으로 자신의 감정을 표출했다. 지켜보던 마이클 본 감독과 코치들도 약간 의외라는 반응을 보였다.

"이봐, 호세가 원래 저런 성격이었어?"

"글쎄요. 저도 저렇게 화를 내는 것은 처음 봤는데요."

"그래? 그럼 구, 저 녀석이 호세의 성격을 끌어낸 것이군."

"아마도요?"

"재미있네……."

마이클 본 감독이 팔짱을 끼며 눈을 반짝였다. 그사이 호세 브레유는 또다시 삼구삼진을 당했다. 3번을 상대해서 안타 하나에 삼진 2개를 당했다.

호세 브레유가 잠시 타임을 요청했다. 그리고 더그아웃으로 가서 가벼운 방망이를 들고 나타났다. 그 방망이를 본 순간 마이클 본 감독이 피식 웃었다.

"어라? 저 녀석 진심으로 할 생각이군."

"네? 그게 무슨 말씀이세요?"

"후훗, 지금 들고 있는 방망이가 본래 경기 때 쓰는 방망이야. 좀 전까지는 연습용 방망이를 들고 있었지. 아무래도 스윗 스폿에 맞지 않았던 모양인데……. 그러고 보면 저놈도 배짱이 장난 아니야."

마이클 본 감독이 슬쩍 에이전트 박동희를 바라보았다. 그런데 박동희는 의외로 담담한 표정을 짓고 있었다.

"이보게, 미스터 박!"

"네?"

“좀 전에 내가 한 말 못 들었나?”

“들었죠.”

“걱정되지 않아?”

“전혀요. 아마 현진이도 100%가 아닐 겁니다.”

“……그런가?”

마이클 본 감독이 다시 고개를 돌려 구현진을 바라보았다. 박동희의 시선도 구현진에게 고정되어 있었다.

‘현진아, 꼭 이겨야 한다! 꼭!’

박동희가 속으로 강하게 빌었다. 구현진 역시 호세 브레유가 방망이를 바꿔서 나왔다는 것을 알았다.

“그게 원래 네 방망이냐? 네가 진심으로 해주니까. 나도 진심이 되잖아.”

구현진이 입가에 미소가 번지며 킥킹 동작에 들어갔다. 그리고 바깥쪽 미트를 향해 힘껏 공을 던졌다. 호세 브레유는 초구부터 방망이를 돌렸다.

팟!

호세 브레유가 바깥쪽 공을 밀어쳤다. 그러나 방망이 끝에 걸리며 파울이 되었다. 두 번째 공도, 세 번째 공도 마찬가지였다.

“어라? 또 파울이야?”

구현진이 슬슬 열이 받기 시작했다.

"자꾸 걷어 내내. 그냥 삼진당해 주면 얼마나 좋아?"

하지만 호세 브레유 역시 자신의 자존심이 걸려 있었다. 연속으로 삼진을 당했다는 것에 이미 1차로 스크래치가 간 상태였다. 이번에는 원래 자신의 방망이를 들고 나왔기 때문에 어떻게든 공을 때려낼 심산이었다.

'때려낸다. 반드시!'

호세 브레유의 눈빛은 더욱 날카롭게 변했다.

한편, 혼조 역시 점점 리드를 까다롭게 했다. 공 한 개 정도 벗어나는 코스를 요구했다가, 이번에는 공 반 개 차이로 미세하게 조정했다.

하지만 구현진은 그런 혼조의 리드에 전혀 불만을 가지지 않았다. 오히려 까다로운 리드를 요구할수록 구현진는 더욱더 집중할 수 있었다. 그런데 이번에는 구현진이 고개를 가로저었다.

'아, 왜?'

'한가운데야!'

'야, 너 미쳤어? 겁대가리 상실했냐?'

'아니야, 녀석은 오히려 정면대결이야. 그래야 잡을 수 있어!'

'그래, 네 맘대로 하세요.'

혼조는 자포자기한 심정으로 한가운데로 미트를 들었다. 구현진이 피식 웃으며 고맙다고 고개를 끄덕였다.

구현진은 자세를 잡으며 글러브 안에서 포심 패스트볼 그립을 꽉 쥐었다. 손아귀에 악력을 꽉 주며 힘차게 공을 던졌다.

호세 브레유 역시 타이밍에 맞게 방망이를 휘둘렀다.

그런데…….

틱!

공이 살짝 오르며 호세 브레유의 방망이가 공의 밑을 스쳤다. 공은 그 상태로 혼조의 미트 속으로 빨려 들어갔다.

퍼엉!

파울팁이 되면서 또다시 아웃이 되었다. 호세 브레유가 빠르게 고개를 돌려 공의 위치를 확인했다. 공이 미트에 들어간 것을 보고 인상을 썼다.

"제기랄!"

혼조가 다시 마운드에 올랐다.

"인마! 너 배짱 한번 좋다. 진짜 한가운데로 던지냐? 그러다가 진짜 홈런 맞으면 어쩌려고?"

"저 녀석은 어떤 식으로든 맞히는 능력이 탁월해. 여태까지 포심 패스트볼로 계속 눌러왔는데, 인제 와서 빼봤자 의미가 없어. 그럴 바에는 더 강한 포심 패스트볼로 아예 밟아버리는 것이 낫지!"

"헐, 배짱이 두둑한 거야? 아니면 겁이 없는 거야?"

"둘 다지!"

"하아, 난 이해가 안 된다."

혼조가 고개를 절레절레 흔들었다. 그 모습에 구현진이 피식 웃으며 말했다.

"맞으면 맞는 거지, 뭐. 어차피 투수는 타자 상대로 네 번 중에 세 번은 이겨야 잘했다고 하지. 세 번 중에 두 번 이겨서는 소용이 없어. 그리고 '맞겠다'라고 겁을 내는 순간 답이 없는 거야. 그럴 때는 그냥 악으로 깡으로 밀어붙이는 거야. 그래야 맞아도 후회가 없지!"

그 순간 혼조는 눈을 번쩍 떴고, 아무런 말도 할 수 없었다. 구현진의 마지막 말이 혼조의 가슴을 후벼팠다. 그게 왠지 자신에게 따끔하게 한 소리 하는 것처럼 들렸다.

'이 녀석…… 소극적인 내 성격과 정반대잖아……'

혼조가 구현진을 한동안 바라보았다. 구현진은 그런 혼조를 바라보며 물었다.

"왜? 뭐?"

"아, 아니야……. 어쨌든 계속 패스트볼로 상대할 거지?"

"당연하지!"

"알았어."

혼조가 몸을 돌려 포수 자리로 걸어갔다. 그리고 힐끔 마이클 본 감독을 보았다. 그런데 구현진에게 가 있을 줄 알았던 시선이 자신을 향해 있었다.

'뭐지?'

마이클 본 감독의 시선은 마치 '구현진이 배짱 두둑하게 나오는데, 넌 이제 어떻게 나갈 거지?'라는 식으로 묻는 것 같았다. 혼조는 자신의 자리로 돌아와서 미트를 팡팡 쳤다.

"좋아! 가보자!"

혼조가 몸 쪽으로 미트를 들었다. 구현진은 혼조가 든 미트를 향해 여지없이 포심 패스트볼을 꽂아 넣었다.

파앙!

호세 브레유가 엉덩이를 살짝 빼보았지만, 공은 홈 플레이트를 스치고 들어왔다.

그 모습을 본 마이클 본 감독이 피식하고 웃었다.

'어라! 이 녀석들 봐라.'

공을 받는 녀석이나 공을 던지는 녀석이나, 조금 전에 보였던 망설임은 이제 찾아볼 수 없었다. 마이클 본 감독의 시선이 혼조에게 향했다.

'이제 망설임이 없군. 까다로운 코스로 공을 요구하고 말이야. 이제야 눈을 떴나?'

마이클 본 감독이 속으로 중얼거렸다. 혼조를 바라보는 그의 시각이 조금씩 달라지기 시작했다. 마이클 본 감독은 그 변화가 구현진 때문이라는 것을 알았다.

그사이 이번에도 몸 쪽으로 공 한 개 더 깊숙하게 찔러 넣은 공이 날아왔다. 호세 브레유가 억지로 방망이를 돌려 파울을 만들었다.

못 칠 공은 아니었다. 다만, 공을 때리면 파울로 될 확률이 높은 공이었다. 그러나 호세 브레유는 방금 전 스트라이크가 된 공을 보았기 때문에 방망이를 휘두르지 않을 수 없었다.

'젠장, 어떻게 공의 위력이 던지면 던질수록 더 좋아져? 뭐, 저런 괴물 같은 놈이 다 있지?'

호세 브레유는 구현진을 상대하면 할수록 무섭다는 생각이 들었다. 그만큼 구현진의 구위에 호세 브레유가 눌리고 있다는 것이었다.

게다가 구현진은 지금까지 오직 포심 패스트볼만 던지고 있었다. 여기다가 변화구를 섞어버리면…….

호세 브레유는 그다음 자신의 상황을 쉬이 상상할 수 있었다.

'끔찍하군. 어쨌든 지금이 기회야. 지금은 꼭 때려내고 싶어.'

호세 브레유가 방망이를 쥔 손에 잔뜩 힘을 주었다.

'몸 쪽으로 두 개가 들어왔지? 그럼 이번에는 바깥쪽이겠군. 좋아! 노려보자!'

호세 브레유는 구현진이 지금까지 몸 쪽으로 연속 3개의 공을 던진 적이 없다는 것을 알았다. 그래서 바깥쪽 낮은 코스의 공에 포커스를 맞췄다.

'이번에는 밀어서 때려주마!'

호세 브레유가 잔뜩 벼르고 있었다. 그런데 공이 의외로 몸 쪽 가슴팍 쪽으로 날아왔다. 호세 브레유가 깜짝 놀라며 방망이를 어정쩡하게 돌렸다.

바깥쪽으로 타격 포인트를 잡고 있던 호세 브레유는 공이 몸 쪽 하이 패스트볼, 즉 눈높이로 날아오자 자기도 모르게 방망이를 휘둘렀다.

퍼엉!

또다시 삼진을 당하자 호세 브레유가 버럭 고함을 질렀다.

"으아아악, 젠장할!"

"진정해."

혼조가 웃으며 말했다. 그러자 호세 브레유가 고개를 홱 돌려 날카롭게 째려보았다.

"야, 그런 게 어디 있어! 바깥쪽으로 던졌어야지."

"바깥쪽으로 노리고 있다는 것을 뻔히 아는데 그곳으로 리드할 포수가 어디 있냐!"

"으으으윽……."

호세 브레유가 진정으로 화를 내며 이를 갈았다. 그런데 그 모습을 보는 혼조는 왠지 모를 쾌감이 온몸을 휘감는 것을 느꼈다.

'오, 확실한 리드로 삼진을 잡았을 때 이런 느낌이구나. 이것이 진짜 삼진이었어! 나쁘지 않은데?'

혼조의 입가에서 미소가 사라지지 않았다. 상대 타자를 허를 찌르는 리드. 그리고 헛스윙 삼진! 이것의 진정한 참맛을 혼조는 깨닫기 시작했다.

그때 마이클 본 감독이 손을 들며 소리쳤다.

"됐어! 여기까지만 해!"

그러자 호세 브레유가 강하게 소리쳤다.

"아직 안 끝났어요. 몇 타석 더 남았잖아요."

"이만하면 됐어. 내일 경기해야 하잖아."

"그럼, 딱 한 타석만 더요. 부탁드려요. 딱 한 타석만요."

호세 브레유는 마이클 본 감독에게 졸랐다. 하지만 마이클 본 감독은 단호했다.

"한 타석 더 해서 뭐해? 어차피 같은 팀인데……."

"언제는 테스트하라면서요."

"테스트는 끝났어! 어서 가! 어서!"

마이클 본 감독이 호세 브레유의 등을 밀며 테스트를 끝냈다. 하지만 호세 브레유는 아직 미련이 남았는지 쉽게 발걸음이 떨어지지 않았다.

"어서 가라고! 안 가면 내일 경기 출전 안 시킨다."

마이클 본 감독의 경고에 호세 브레유가 고개를 끄덕였다.

"아, 알았어요."

호세 브레유가 억지로 끌려가며 마운드에 있는 구현진을 방망이로 가리켰다.

"이게 끝이 아니야!"

구현진도 그제야 테스트가 끝났다는 것을 알았다. 박동희가 구현진에게 다가갔다.

"고생했다."

수건과 물을 건네주었다.

"고마워요, 형. 그런데 어떻게 됐어요? 저 합격이에요?"

"글쎄다. 내가 가서 알아보고 올게!"

박동희가 재빨리 마이클 본 감독에게 뛰어갔다.

"감독님, 어떻게…… 합격입니까?"

"5일 있다가……."

"5일 있다가 다시 테스트받나요?"

박동희가 급히 말을 자르며 물었다. 그러자 마이클 본 감독이 고개를 가로저었다.

"아니, 5일 후에 선발 준비시켜요."

"서, 선발요? 그럼 합격입니까?"

마이클 본 감독이 미소를 지으며 고개를 끄덕였다. 그리고 자연스럽게 시선이 구현진에게 향했다. 구현진은 혼조와 하이파이브를 하고 있었다. 그 모습을 본 마이클 본 감독이 나직이 웃으며 중얼거렸다.

"후훗, 좋은 배터리를 만난 기분이군."

To Be Continued

Wish Books

강화학개론

빈형 게임 판타지 장편소설

[+15 초보자용 하급 단검 강화를
성공했습니다!]

사고와 함께 찾아온 특별한 능력.
남들이 메인 시나리오 퀘스트를 쫓을 때
한시민은 강화 명당을 찾는다!
가상현실 게임 '판타스틱 월드'에서의 강화를 위한 모험!

"아, 빌어먹을. 9강부터 이 X랄이네."

그 유쾌하고 통쾌한 이야기가 시작된다!